MW00716201

Pierre Charras

Marthe
jusqu'au soir

Mercure de France

Né à Saint-Étienne en 1945, Pierre Charras vit à Paris. Il est comédien et traducteur d'anglais.

à Marthe,
si elle existe.

« Frôlée par les ombres des morts
Sur l'herbe où le jour s'exténue
L'arlequine s'est mise à nue
Et dans l'étang mire son corps.
Un charlatan crépusculaire
Vante les tours que l'on va faire. »

GUILLAUME APOLLINAIRE
(Alcools.)

Marthe regarde la photographie que Lacombe fait glisser vers elle, du bout des doigts.

— Voici de quoi il s'agit, dit-il d'une voix sourde.

Marthe l'entend à peine. C'est la voix de quelqu'un qui parle peu. Une voix sans muscles. Sans entraînement. La voix d'un homme condamné au silence.

Et c'est vrai, après tout. Combien de mots Lacombe peut-il articuler durant toutes ces heures qu'il passe au ministère, à décortiquer, trier, mettre en ordre d'épais rapports avant d'en faire le compte rendu pour le ministre. Même les discours qu'il imagine, c'est un autre qui les prononce.

— J'ai un rédacteur du tonnerre, a dit

Jean quelque temps après son entrée au gouvernement.

— Nous devons l'inviter à dîner ? a aussitôt interrogé Marthe qui, un peu ivre de son nouveau statut d'épouse de ministre, se plaisait déjà à y voir un métier qu'elle eût exercé avec l'application et le bonheur qu'elle met toujours en toute chose.

— Oh non, un rédacteur, c'est sans importance.

Marthe n'a rien répliqué mais a regardé Jean longuement. Elle n'a pu s'empêcher de chercher sur le visage de son mari ce qu'elle redoute le plus d'y voir un jour apparaître : les premiers signes de la férocité.

Peut-être s'est-il alors aperçu de son trouble car il a ajouté en l'embrassant :

— Tu comprends, nous n'avons pas assez de choses en commun. C'est un technicien. Nous le gênerions. Mais il est parfait. Je ne sais pas ce que je ferais sans lui.

Marthe s'est rassurée. Elle a voulu s'attarder un peu contre lui, le nez sur le col de sa chemise, à respirer l'odeur incomparable de la peau de Jean. Une odeur de pain.

— Et sans toi, qu'est-ce que je ferais ? lui a-t-il confié à l'oreille.

Il doit sa carrière à ce don si particulier de persuader les gens, peut-être parce qu'il en est persuadé lui-même, qu'il ne serait rien sans eux. Il délègue. Il s'entoure. Les talents de scribe de Lacombe. L'élégance de Marthe. Belles phrases et haute couture.

Cette réussite qui, au milieu des jaloux, les attend partout plus qu'ils ne la poursuivent, devrait les satisfaire, mais l'enjeu de leur vie s'appelle Brice, leur fils unique de vingt ans qui fait ses études à Princeton. Jean le voit président de la République, Prix Nobel, quoi encore ? Il l'adore. Ils l'adorent. Ils conjuguent leurs énergies pour défricher un vaste espace où il n'aura plus qu'à régner. Marthe éprouve un plaisir presque physique dans cette entreprise. C'est un peu comme si elle n'arrêtait pas de mettre son fils au monde.

Tout de même, elle regrette parfois l'époque où Jean se contentait d'être avocat d'affaires et où la politique ne s'était pas encore abattue sur leur vie. Il leur restait alors quelques soirées pour se retrouver. Marthe se laissait courtiser. C'était des tas de petits débuts. Maintenant tout va si vite et il faut vivre sans cesse avec cette horloge qui veille dans la tête. On ne joue plus à se séduire. A peine trouve-t-on un moment pour faire l'amour et c'est déjà miraculeux. Le plaisir est une île. Mais sans ressources, inhabitable. Il faut bien vite reprendre la mer des fatigues.

Et puis, il y a aussi cette histoire d'image. L'opinion publique a été informée (par qui ? pourquoi ?) que l'épouse du ministre n'apprécie que les tailleurs Dior. C'est trop bête pour mériter un démenti qui, de toute façon, serait insultant pour la maison en question. Alors Marthe porte des tailleurs Dior.

— Vous êtes très élégante, Madame, lui a dit Lacombe de sa voix de muet en se levant pour l'accueillir lorsqu'elle l'a rejoint au fond de ce restaurant presque désert.

Marthe a répondu d'un « merci » un peu sec. La manie qu'ont les gens de toujours faire des compliments. C'est ridicule. Parbleu, elle le sait bien qu'elle est élégante. Et belle aussi. Que lui demande-t-on d'autre, après tout, si ce n'est un peu de culture générale pour relancer le feu des conversations, les soirs, dans les dîners.

Cet après-midi encore, dès qu'elle sera sortie d'ici, elle ira passer des heures à se rendre élégante, à acheter des chaussures noires et des chemisiers blancs. Elle ne porte que des chaussures noires et des chemisiers blancs. Et aucun bijou, sauf son alliance. C'est la presse qui en a décidé ainsi une fois pour toutes. Comme pour les tailleurs Dior. S'ils savaient, tous, que la seule chose qu'elle aime, dès qu'elle se retrouve seule, c'est s'envelopper, nue, dans son peignoir de bain ou dans une couverture pour lire sur le canapé du salon. Personne ne voudrait le croire. Qu'un ministre lise, passe encore, bien que ce soit beaucoup de temps perdu, mais une femme de ministre...

Elle sortait de la baignoire quand Maria a ouvert la porte de la salle de bains. Il devait être un peu plus de midi.

— C'est le téléphone, Madame.

— Je vous ai demandé de frapper, Maria.

— Mais c'est urgent. Un Monsieur du ministère.

— J'arrive... Mais frappez, la prochaine fois.

— Bien, Madame.

Marthe n'aime pas qu'on la voie nue. Elle n'a jamais aimé ça. Non qu'elle ait honte de son corps. Bien des femmes de quarante-cinq ans le lui envieraient. Et quantité de plus jeunes aussi. Mais les regards la blessent. Enfant, déjà, sur la plage, elle se contorsionnait sous son drap de bain pour se changer. Et plus tard, des quelques garçons qu'elle a fréquentés avant de rencontrer Jean, aucun ne l'a vue nue, autant qu'elle puisse s'en souvenir. Depuis Jean, elle n'en a pas connu d'autres et son mari lui-même s'est toujours fort bien accommodé de l'obscurité pour tirer d'elle du plaisir et lui en donner, parfois jusqu'au vertige.

— Bonjour Madame, c'est Lacombe.

— Lacombe ?

— Le secrétaire-rédacteur de Monsieur le Ministre.

— Ah oui, excusez-moi... Mais mon mari est dans sa circonscription. Il ne rentrera que ce soir, tard.

— Je le sais, Madame, bien sûr. Mais il s'agit d'une chose très grave, tout à fait urgente, et Monsieur le Ministre ne peut être joint avant l'heure du dîner.

— Mais je n'ai aucune compétence dans les affaires de mon mari.

— Je suis certain que vous êtes trop modeste, Madame. Mais ce problème, vous saurez le résoudre, je vous l'assure.

`Elle ne pouvait qu'accepter de le voir. Elle a proposé de se rendre au ministère, mais Lacombe lui a dit qu'il appelait d'un restaurant tout près de chez elle et qu'il serait très facile de le retrouver là au plus tôt. Il lui a donné l'adresse. En effet, c'était à deux pas, à côté de l'église de la Madeleine. Elle serait sur place pour ses courses.

— Comment vous reconnaîtrai-je ?

— C'est moi qui viendrai vers vous. Je vous connais, Madame, vous pensez bien. Nous nous sommes vus mille fois.

Marthe ignorait si sa question avait blessé cet homme. Mais après tout, ça n'avait pas d'importance, comme aurait pu dire Jean.

— Il me faut une heure.

— Je vous attends.

— Je ne mange pas à midi. Vous pouvez donc déjeuner en m'attendant, a-t-elle dit comme pour remonter un possible handi-cap.

— Je vous remercie infiniment, Madame.

Marthe a essayé de se souvenir si elle avait déjà rencontré Lacombe, comme il l'affir-mait. Il semblait bien que non, pourtant. Sans doute l'avait-elle vu à la télévision, dans les pas de Jean, à la sortie d'un conseil des ministres. Ou peut-être lui avait-il été pré-senté lors d'une de ces réunions publiques auxquelles il lui arrive de participer. Elle a pensé qu'elle n'aurait pas oublié une voix aussi particulière.

Elle a trouvé facilement le restaurant. Si près de chez elle et jamais elle ne l'avait remarqué. Il y avait peu de tables. Presque toutes inoccupées. Tout au fond, un gros homme s'est levé et a marché vers elle, la main tendue. C'est à ce moment-là qu'il l'a félicitée pour son élégance et qu'elle s'est sentie un peu irritée.

— Nous nous connaissons, monsieur Lacombe.

Ce n'était pas une question. Pas vraiment

une affirmation non plus. C'était une poli-
tesse. D'ailleurs, il a souri.

— J'ai eu l'honneur de vous être pré-
senté à plusieurs reprises mais dans des circonstances telles que je comprends bien que
vous n'en ayez pas de souvenir précis. Il y a
parfois tant de monde, tant de mains à serrer.

Il l'a invitée à s'asseoir et a regagné sa
place de l'autre côté de la table. C'était un
homme ordinaire, très corpulent, au visage
un peu gras. En réalité, c'était n'importe
qui. Il n'y avait vraiment rien à en dire.
Marthe a essayé, pourtant, de le détailler
pour pouvoir le reconnaître la prochaine
fois qu'elle le verrait.

— Puis-je vous offrir quelque chose ? a-t-il
dit.

— Non, merci... Eh bien ?

Il a sursauté. Comme s'il avait totalement
oublié le but de cette rencontre.

— Ah oui, bien sûr... Voilà...

Marthe l'a vu prendre une serviette de
cuir qu'il avait calée contre le pied de sa
chaise et la poser sur ses genoux pour
l'ouvrir. Elle l'a vu en tirer une chemise de

carton, dont il a sorti un agrandissement photographique noir et blanc qu'il a poussé sur la table en le tournant vers elle.

— Voici de quoi il s'agit.

Marthe regarde cette photographie. Elle ne comprend pas bien la situation. Il lui semble que les rôles sont inversés. Ce devrait être elle qui montre cette photo, puisqu'elle représente Brice, son fils à elle. Il porte le blazer et la cravate de son collège. Il a les cheveux coupés court. Il a l'air en bonne santé. Il donne si rarement de ses nouvelles, au goût de Marthe, qu'elle trouve agréable de voir qu'il va bien. Il est assis. Il y a un autre garçon sur la photo. Debout, celui-ci. Marthe ne le connaît pas. A y bien regarder, il semble plus âgé. Peut-être un professeur puisqu'il porte lui aussi la cravate du collège, même s'il est en bras de chemise. L'image n'est pas très nette. Mais enfin on voit très bien tout de même qu'un sexe tendu s'échappe de la braguette ouverte de l'homme et que, si l'on n'en distingue pas l'extrémité, c'est parce qu'elle est fichée dans la bouche de Brice.

— La photo est de mauvaise qualité parce que je l'ai prise moi-même sur l'écran de mon téléviseur. Elle est extraite d'un document vidéo très complet et, je dirais, assez pénible à regarder. Mais la bande, elle, est parfaitement nette, faites-moi confiance.

— C'est affreux, dit assez bêtement Marthe.

Elle regarde de tous ses yeux. Il y a une nappe blanche autour de la photo. Il y a sa main à elle, et ses ongles rouges. Une épave. Un cadavre échoué. De l'autre côté, tout près d'une incompréhensible tasse à café vide, tachée de brun, elle voit aussi la main de Lacombe. C'est une main un peu épaisse, aux doigts gonflés, aux ongles courts, très soignés. L'index et le majeur sont jaunis de nicotine. Elle bouge imperceptiblement. On la croirait hérissée, tendue, menaçante, comme une hyène à l'affût. Et puis il y a cette image qui creuse un gouffre sans fond dans la table.

— Vous voulez boire un alcool ?

Marthe ne répond pas. Elle devrait poser une question importante qu'elle n'arrive pas à construire, si simple soit-elle. Puis les mots prennent leur place. Elle demande :

— Comment avez-vous eu ça ?

— Peu importe. Ce qui compte c'est que ça existe. Et vous pouvez deviner l'usage qu'en feraient les adversaires politiques de Monsieur le Ministre. Ce serait la fin. Il perdrait tout. Et pas seulement son poste au gouvernement, mais aussi sa circonscription. Et même sa clientèle d'avocat le fuirait, très certainement. De plus ce serait catastrophique pour le pouvoir tout entier. Une sorte de petite affaire d'État. Un énorme scandale... Et je ne parle pas de l'avenir de votre fils...

Marthe ne sait plus quoi dire. Elle ne sait qu'une chose : Jean ne doit pas voir cette photo, cette bande-vidéo, rien. Il pourrait tuer Brice... Ou se tuer lui-même...

— Vous avez bien fait d'insister pour me voir.

— N'est-ce pas ?

— Nous paierons ce qu'il faudra. J'amènerai calmement mon mari à comprendre la situation. Vous êtes en contact avec les gens qui possèdent la bande originale, je suppose.

— Mais tout à fait. Il n'y a d'ailleurs

aucune copie. Seulement l'original. Et c'est moi qui l'ai.

Marthe lève les yeux vers Lacombe qui sourit.

— C'est moi qui l'ai, répète-t-il en sortant une cassette vidéo de sa serviette avec le triomphe modeste d'un prestidigitateur.

— Mais alors, où est le... Vous êtes un collaborateur de mon mari... Vous n'allez pas...

Lacombe n'a pas cessé de sourire. Il reprend cassette et photographie, les escamote. La table est vide.

— Vous voyez comme c'est facile. Il suffit de le décider et... Pfouit... Plus rien.

— Vous trahiriez mon mari ?

— Bien sûr... Pourquoi non ?

— Vous perdriez votre emploi.

— Ne croyez pas ça. Je suis excessivement qualifié, vous savez. Et puis, un tel document, ça se monnaie très cher. C'est coté haut, les affaires d'État. C'est hors de prix, vous n'imaginez pas.

Marthe le regarde. Il semble serein. Il a entrepris de tracer une ligne droite sur la nappe avec des miettes de pain. On le sent doué pour toutes les patiences. Il attend qu'elle parle.

— Il faut que j'en discute avec mon mari.

— Non... Je n'attendrai pas jusque-là.

Il bascule en avant, un peu brusquement, et Marthe a un mouvement de recul.

— Je vais vous faire une confidence, dit-il. Il est treize heures vingt, eh bien, à quatorze heures il sera trop tard. J'aurai pris contact avec de possibles clients. Voyez-vous, pour la première fois de ma vie je me retrouve, par hasard, avec un pouvoir exorbitant entre les mains et j'ai bien l'intention d'en abuser.

Marthe sent monter en elle quelque chose qu'elle connaît mal et qui pourrait être de la colère. Quand elle répond, sa voix s'aiguise :

— Mais comment voulez-vous que je trouve de l'argent avant quatorze heures ? Sans mon mari, je n'en ai pas, d'argent. Nos biens sont communs, et d'ailleurs tous réalisés. Vous devriez le savoir. Il faudrait vendre quelque chose, ça prend des mois.

— C'est vrai, je sais tout cela et beaucoup d'autres choses aussi. En réalité, je sais absolument tout... Mais qui vous parle d'argent ?

26

Il sourit plus largement encore mais d'une manière un peu douloureuse, maintenant. Ses lèvres se sont entrouvertes. Elles sont très rouges, comme celles d'une blessure.

— C'est vous que je veux.

Marthe éclate de rire. En réflexe. Sans penser. Presque aussitôt elle regrette, mais c'est trop tard. Il a eu un haut-le-cœur. Il a violemment pâli, son sourire s'est mis à trembler, comme s'il avait une quinte de toux silencieuse. Marthe voit, navrée, son gros nez qui semble pendre, obscène, au-dessus de sa bouche écarlate. On dirait qu'il va se décrocher. Ses joues flottent, molles, jusqu'au col de sa chemise d'où sort la chair en plis.

— Vous ne devriez pas vous moquer, Madame, dit-il enfin.

Marthe aspire beaucoup d'air, pour noyer les restes de rire que pourrait encore charrier sa voix et elle explique, tout simplement :

— Mais je ne trompe pas mon mari.

Et c'est vrai. Il faut vraiment qu'il cherche autre chose. Cette proposition ne la choque même pas. Elle ne voit là qu'un faux pas de ce gros homme ridicule et laid qui a fantasmé sur la femme de son patron. C'est tellement banal. Ordinaire. Elle a honte pour lui. Mais ce rire, ça non, elle ne l'a pas voulu. Marthe a aussi ceci en commun avec Jean qu'elle déteste humilier les autres.

— Je sais très bien que vous ne trompez pas votre mari, Madame, reprend Lacombe après avoir ouvert grand la bouche, comme pour en expulser d'abord tout son dépit.

Il a la dentition terne des grands fumeurs. Il croise aussi les mains. On dirait un médecin qui va poser, gravement, un diagnostic.

— Et je puis même vous apprendre que, contrairement à ce qu'on pourrait attendre d'un homme politique aussi éminent que Monsieur le Ministre, votre mari ne vous trompe pas non plus, à ma connaissance qui, comme je vous l'ai dit, est pratiquement sans limites. Et cela est extrêmement rare, dans ce milieu, je vous l'assure.

Marthe ne comprend plus très bien où l'autre veut en venir. Elle devrait peut-être lui suggérer qu'elle est toute disposée à oublier ce petit incident. Il rendrait cassette et photographie et Jean saurait se montrer très généreux, sur le plan financier mais aussi sur celui de la carrière. Elle n'a pas encore fini de mettre en ordre quelques phrases prudentes quand Lacombe reprend :

— Vous ne trompez pas votre mari et je ne souhaite pas vivre une histoire d'amour. Ni même une aventure. Je n'ai pas de penchant pour ces choses-là. Vous voyez que nos positions ne sont pas incompatibles.

Sa voix reste faible, neutre, détimbrée. On n'y peut déceler aucune intention précise et Marthe s'explique enfin pourquoi elle a ri tout à l'heure alors qu'elle aurait dû le gifler. Lacombe ne semble pas du tout impliqué dans cette affaire. Il est froid. Elle l'écoute. Elle veut bien l'écouter encore un peu.

— Voyez-vous, Madame, comme vous pouvez vous en rendre compte, si la nature m'a donné quelque talent et sans doute plusieurs qualités humaines que la vie ne m'a pas fourni jusqu'ici la chance d'exploiter, je conviens qu'elle s'est peu préoccupée de mon aspect extérieur. Je dirais même qu'elle s'est montrée plutôt cruelle. Mais bon, à quoi servirait de se lamenter ? Il y a cinquante ans que je traîne cette carcasse, alors...

Le médecin s'est transformé en conférencier. Marthe pense que ce rêve stupide a assez duré et qu'il serait temps de se réveiller. Lacombe reste penché en avant. Elle voit ses cheveux gris, un peu clairsemés sur le haut du crâne. Et quelques pellicules sur le col de sa veste bleue, de chaque côté. Elle se dit qu'il a le foie malade, peut-être. Que c'est pour cette raison qu'il a le teint cireux. Il faudra bien qu'elle finisse par se lever et le planter là, en proie à ses délires. Elle lui trouve le calme résolu des fous.

— Cependant j'aime les femmes, poursuit-il. C'est une malédiction. Une mauvaise distribution des rôles. Je serais mieux dans la peau de votre mari, mais je ne crois pas qu'il consentirait à se glisser dans la mienne... Enfin, c'est un besoin, les femmes, pour un homme comme moi. Mais l'amour, ça non. J'ai dans ce domaine des craintes de Cyrano... Alors, voyez-vous, je fréquente les prostituées... De luxe, bien sûr, mais les prostituées tout de même... Les billets que je sors de mon portefeuille ont pour elles les plus grandes séductions... Voilà, c'est ma vie... Vous devez la trouver bien sordide...

Il relève les yeux. Marthe ne sait quoi répondre. Elle se sent plutôt gênée par ces confidences. Lacombe sourit, un peu tristement, dirait-on. Marthe esquisse un sourire, elle aussi, qu'elle essaie de rendre chaleureux alors qu'en réalité elle trouve tout cela parfaitement déplacé. Et surtout très loin de cette histoire de photographie, de cassette vidéo où ce petit imbécile de Brice s'ingénie à mettre en péril la carrière de son père, le bonheur de toute la famille et jusqu'à son propre avenir.

— Excusez-moi, Monsieur, mais je ne vois pas.

— Alors vous êtes très distraite, réplique-t-il aussitôt un peu plus sèchement. Ou bien vous ne voulez pas comprendre. C'est vous que je veux. Je l'ai dit et je le maintiens. Il n'y aura pas la moindre négociation. Je vous veux mais je vous laisse votre esprit sans doute très délicat, tout comme les senti-

31

ments élevés et exclusifs que vous éprouvez pour votre mari. Je ne veux que votre corps et je ne doute absolument pas que je l'aurai. Aujourd'hui même.

Il ne perd rien de son calme. Il garde toujours les mains croisées sur la table, sans les crisper le moins du monde l'une sur l'autre. Immobiles. Abandonnées. Une nature morte. Elle le sent tout à fait déterminé. Pire encore : convaincu. Il est fou.

— Je l'aurai et vous allez me le donner. Volontairement. Il vous faut récupérer ces documents à tout prix et le prix c'est cela. Je n'attends aucune initiative de votre part, si ce n'est celle de ne plus en avoir jusqu'à la fin de l'après-midi.

Sa voix est un murmure insupportable qui suinte de sa bouche entrouverte. Ses lèvres ne bougent même pas. Les mots entrent en Marthe et vont se mettre en boule au creux de son estomac. Elle commence à le prendre au sérieux. Elle ne peut plus rien dire. Elle voudrait aussi ne plus écouter. Elle pense à se lever, mais quelque chose la retient. Quelque chose qui lui fait honte, qui se trouve tapi dans cette serviette de cuir et qu'elle veut détruire. A tout prix. Il l'a dit. Justement, il précise maintenant ses exigences extravagantes. Elle entend la voix toute froide débiter des phrases incandescentes.

— Vous allez être pour moi une belle putain entre quatorze et dix-neuf heures. Voilà ce que je veux en échange de ce trésor inestimable dont je vous ai montré un extrait tout à l'heure. Il vous suffira d'obtempérer, j'ai de l'imagination pour deux, et plus encore. La rançon à payer n'est pas votre amour mais votre soumission, pas votre cœur offert mais votre corps livré. Je veux que vous renonciez à vous-même pendant cinq heures. Je vous invite au coma. Ce qui me plaît, c'est votre chute. Voilà, Madame, c'est exactement ça, je veux assister de près à ce spectacle qu'on dit enivrant : une femme qui tombe. L'instant où elle lâche la rampe des convenances... Eh bien, vous voyez, j'ai de quoi me l'offrir.

Il a décroisé les mains et s'est rejeté en arrière. Sa veste s'est ouverte sur sa chemise tendue. Marthe a mal aux dents près des oreilles, à force de serrer les mâchoires. Elle sent son corps tout entier se minéraliser. Existe-t-il des hommes assez déments pour convoiter des statues ?

— Voulez-vous que je vous rassure ? demande alors Lacombe en revenant contre la table.

Marthe ne comprend pas cette phrase. Elle ne répond rien. Elle ne prononcera plus un mot.

— Vous devez vous dire que je pourrais bien abuser de la situation, au point sca-breux où nous en sommes et, à dix-neuf heures, refuser de vous remettre l'enjeu du marché, vous donner un autre rendez-vous, et ainsi de suite... L'engrenage... Comme dans les romans... Eh bien, non. Vous avez ma parole d'honneur. Oui, oui, d'honneur. Voyez-vous, Madame, je suis joueur. C'est d'ailleurs au jeu que j'ai gagné cette cassette. Et, comme je puis vous assurer qu'il n'y a aucune copie, je vous jure aussi, sur l'honneur, je le répète, qu'au bout de vos cinq heures d'abandon, vous serez quitte. Vous ignorez cela, bien sûr, mais les joueurs tiennent beaucoup à leur parole, pour la simple raison que s'ils devaient y manquer, ce ne serait plus du jeu, comme on dit, justement. Eh bien, ma parole, je vous la donne.

Et Marthe, au milieu du vertige, éprouve tout à coup un sentiment absurde : elle le croit. Elle sait de façon certaine qu'il dit vrai, qu'on peut lui faire confiance. Mais cette certitude ne lui sert pas à revenir sur terre. Elle est entrée dans le silence. Dans le froid. Dans un espace inconcevable où les morts sauraient qu'ils ont cessé de vivre. Elle regarde Lacombe qui, de nouveau, sourit. Gentiment. Comme s'il allait lui annoncer qu'il vient de lui faire une grosse farce un peu lourde.

— Bien, dit-il, je crois que je me suis montré tout à fait clair. Je boirais volontiers un petit alcool. Pas vous ?

Il arrête un serveur qui passe, très loin, sur une autre planète.

— Un cognac, s'il vous plaît.

L'homme en noir est là, légèrement incliné, entre eux. Il va la sauver. L'emmener.

— Oui, Monsieur.

Il est parti. Lacombe parle encore et encore.

— Cependant, je ne tiens pas à vous prendre de force. Ce que je veux, c'est que vous vous donniez, comprenez-moi bien. Que vous vous rendiez à l'ennemi, comme on le fait à la guerre. Sans conditions. Il faut que ce soit vous qui décidiez de passer ces cinq heures à tout accepter de moi. Au-delà de l'acceptation, il n'y aura plus de refus possible. C'est un gué. Le salut se trouve sur l'autre rive. Et le gué s'effondre au fur et à mesure qu'on avance. On ne peut jamais revenir en arrière. A aucun moment. En revanche, on peut très bien ne pas traverser. Choisir d'être dévoré sur place par les lions, avec fils et mari. On ne vous fera pas de cadeaux, croyez-moi. Votre vie sera définitivement ruinée. Tandis que, dès dix-neuf heures, aujourd'hui même, si vous voulez... Mais je ne vous influencerai pas...

Le serveur revient et pose le grand verre sur la table, dans sa soucoupe blanche. Le liquide brun danse un peu. Ce roulis minuscule pousse au bord des lèvres le cœur de Marthe. Et elle entend l'assourdissant murmure. Lacombe sait-il au moins parler à haute voix.

— Voici ce que nous allons faire. Regardez, sur la gauche, il y a une porte, avec une petite plaque émaillée. Sur cette plaque, vous pouvez lire "Accès réservé". Je vais me lever et passer cette porte. Si vous refusez ma proposition, il vous suffira de vous en aller comme vous êtes venue, avec votre joli sac de chevreau à la main. Mais vide, ce sac, évidemment. Personne ne vous retiendra. D'ailleurs, si vous jetez un coup d'œil au-dessus de mon épaule, vous devez voir la rue, les gens qui se promènent, les voitures, les bus, le dehors. Rien ni personne ne vous empêche de rejoindre tout cela. Il est treize heures quarante-cinq. A quatorze heures précises, je prendrai contact avec les personnes susceptibles de me présenter des clients pour mon édifiant documentaire... Si en revanche vous décidez de renoncer à vous-même pendant ces quelques heures, c'est-à-dire me racheter ces objets avec votre personne, vous prostituer pour les avoir, alors vous passerez vous aussi cette porte avant quatorze heures. Dès qu'elle sera refermée sur vous, vous serez assurée de récupérer ce qui vous intéresse et, pendant cinq heures, vous serez ma putain... Excusez-moi, j'emploie un terme un peu ordinaire car je ne veux pas non plus vous cacher la réalité des choses. Il s'agit bien de cela, ne vous y trompez pas.

Et il relève les yeux pour planter dans ceux de Marthe l'insulte de son regard d'homme. Mais ça ne dure qu'une seconde. Déjà il se lève, la serviette de cuir au bout du bras. Avant de s'éloigner, il saisit la soucoupe et le verre de cognac auquel il n'a pas touché et les place devant Marthe.

— Voici pour vous aider, peut-être. En tout cas, quel que soit votre choix, vous n'aurez pas d'autre coup de fouet que celui-ci. Je ne rêve nullement de violences. Seulement d'outrages.

Il va se perdre dans le mur. Marthe regarde cette masse de tissu bleu, ce dos rond, ces hanches larges, ce lent pachyderme qui prétend la posséder. Quelle cible ce serait si elle avait une arme... Puis tout cela est remplacé par la porte close et la petite plaque émaillée : "Accès réservé".

Ce qui se dissimule là, Marthe le devine. Il y a encore de nombreuses maisons comme ça dans Paris. Elles prospèrent à bas bruit, elles couvent. Des tumeurs. Jean ne rentrera que ce soir. Il faudrait pouvoir le joindre par téléphone. Mais comment ? Elle est seule. Elle ne veut pas penser à Brice. Ce sera pour plus tard. Non, Jean, seul, saura résoudre ce problème. Elle va alerter le ministère. Ils le trouveront bien, eux. Mais il reste dix minutes. Marthe a la tête vide. Pour la première fois de sa vie, peut-être, elle se sent tout à fait bête. Et puis il y a surtout cette certitude absolue que l'autre va mettre ses menaces à exécution. Il a paru froid, tranquille. Il a dit qu'il jouait : c'est pile ou face. Il a lancé la pièce en l'air et n'a même pas attendu qu'elle retombe. Il va gagner de toute façon. C'est vrai qu'il pourrait faire fortune avec pareille marchandise. Tant de gens, ennemis, amis, serviles débiteurs, guettent un faux pas de Jean. Quelle meilleure occasion pour eux ? Ils paieront sans hésiter. Faut-il que Lacombe ait envie d'elle pour renoncer à si bonne aubaine. Surtout pour un seul après-midi. Car elle ne doute pas non plus qu'il tiendrait parole et lui céderait ce qu'il détient si elle se pliait à son chantage. Et tout serait fini. Qu'est-ce que c'est, cinq heures ? Elle n'a pas rencontré une quantité extraordinaire d'hommes, dans sa vie, mais suffisamment, tout de même, pour savoir que cinq heures, ça ne veut rien dire. Il va la bousculer sur le lit dès qu'ils seront dans la chambre et on n'en parlera plus... La bousculer. C'est un geste. Une image. Un peu comme sur les gravures licencieuses du XVIIIe siècle. Un tableau. Donc, qu'il la bouscule, bon. Mais qu'il la touche ? Ça, non. Ses mains aux doigts jaunes de tabac, sur elle. Sa grosse bouche rouge. Quoi encore ? Non ! Elle ne peut même pas l'imaginer. Pas une seule seconde. Plutôt mourir.

Marthe sent la belle machine mentale que Jean apprécie tant se remettre en marche... Elle vient d'entrevoir une solution... Si elle mourait, là, avant quatorze heures. Sans attendre... Si elle courait se jeter sous l'autobus, par exemple. Lacombe sortirait de derrière sa porte et la verrait lui filer entre les doigts... Et son arme aussi, parce qu'il aurait bien du mal à trouver des acheteurs dans de telles circonstances. Qui oserait s'en prendre à un ministre qui vient d'être frappé aussi brutalement... Perdu. Il aurait perdu, le joueur... Marthe espère follement ne pas être tuée sur le coup et voir la mine déconfite de Lacombe penchée sur elle avant de sombrer. Aura-t-elle la force de rire ? On verra bien... Oui, c'est exactement cela. Elle va sortir et courir et tomber et mourir... Elle se lève. Prend son sac. Avale le cognac d'un trait et s'élance. Mais sans qu'elle l'ait décidé, au lieu de la propulser vers la sortie, ses pas lui font franchir en trombe le passage réservé qui se verrouille automatiquement derrière elle. On ne sort plus.

Marthe se retrouve nulle part. On dirait une cage d'ascenseur. Il n'y a qu'une issue, derrière elle. Sans poignée, sans serrure, lisse. La même peinture claire recouvre aussi les murs, sur trois côtés, et le plafond où une applique ronde jette une lumière trop crue. Les talons de Marthe ont claqué sur les carreaux blancs du sol qui luit froidement. Elle devrait appeler. Il lui semble que les parois de ce placard vide vont se rapprocher d'elle, que le plafond va descendre lentement, avec des craquements de poulies, qu'elle sera écrasée, broyée. Elle qui voulait tant mourir il y a quelques secondes prend soudain peur. Elle étouffe. Elle se sent prête à tout pour sortir de là. A tout ? Oui, oui, à tout, vraiment. Même à se laisser forcer par Lacombe. Elle souhaite le voir apparaître. Elle l'espère. Elle le suivra.

Un déclic se fait entendre et le mur du fond s'écarte un peu. Il ne reste qu'à pousser. Marthe avance vivement, s'évade, pénètre dans l'entrée d'un appartement bourgeois... C'est un hall très allongé, presque un couloir, tout plein de portes. Mais, cette fois, des vraies portes avec des panneaux, des moulures, des becs dorés. Il y a aussi de la moquette, d'innocents petits tableaux, un lustre coquet. Et sous le lustre, juste au milieu, une dame, qui sourit.

— Bonjour, ne craignez rien.

Elle ne tend pas la main, ne se présente pas, ne vient pas vers Marthe. Elle ne bouge pas du tout. Elle sourit simplement et regarde Marthe dans les yeux avec quelque chose de tendre comme de la douceur, de la pitié. Un regard de femme.

Marthe entend dans son dos un nouveau claquement. Elle sursaute. L'inconnue s'approche enfin et répète :

— Ne craignez rien.

Elle est belle, élégante, maquillée sans outrance. Ses lourds cheveux forment un chignon lâche sur la nuque. « Ce pourrait être ma sœur », pense Marthe. Puis, tandis que l'autre lui prend le bras, délicatement, pour l'entraîner, elle se dit : « Ce pourrait être moi. »

Au fond, elle échangerait volontiers sa place avec elle. Elle dirigerait cette maison avec l'avenante sérénité qu'elle met à recevoir ses amis et les relations de son mari. Elle se montrerait, à toute heure, calme et séduisante. Et elle pousserait l'autre vers une porte, dans une chambre où attendrait un gros monsieur tout plein d'envies. Oui, Marthe voudrait bien qu'un prince charmant la change, là, en maquerelle. Mais non, c'est l'autre qui la conduit.

— N'ayez aucune inquiétude. Monsieur Lacombe m'a expliqué la situation. Vous ne risquez absolument pas de faire la moindre rencontre gênante. Nous sommes très bien organisés. Il n'y a jamais eu d'incidents et il n'y en aura pas. Votre réputation restera intacte. Venez.

Elles se sont arrêtées devant une porte. La femme donne un coup discret sur le panneau.

— Entrez.

C'est la voix blême de Lacombe. Marthe tangue. La main qui lui tient le bras se fait plus ferme. La porte s'ouvre.

— Ah, voici ma cavalière, dit Lacombe, enjoué.

Puis dans un regard à son hôtesse, tandis que son sourire s'agrandit encore, il ajoute :

— Je devrais dire ma monture.

La jolie dame recule. Marthe ne saura jamais si cette remarque l'a fait sourire aussi. Il n'y a que de la gentillesse chez celle qui dit doucement :

— Bon après-midi.

Elle s'en va. Marthe est seule avec lui. Mais ils ne se trouvent pas dans une chambre. C'est un salon plutôt exigu.

— Je vous félicite pour votre exactitude,

Madame, dit Lacombe. Et pour la sagesse de votre décision. A vrai dire, je n'en ai jamais douté. Malheureusement, nous allons devoir attendre quelques minutes pendant qu'on nous prépare la chambre. Nous sommes ici dans l'un des salons où les clients qui ne viennent pas accompagnés peuvent faire leur choix. Ça manque de réel confort mais ce ne sera pas long... Asseyez-vous...

Marthe ne bouge pas. Lacombe s'installe sur une chaise de bois sombre recouverte de velours grenat. Il entreprend de la regarder lentement. Il l'examine. Il n'y a rien de particulier dans ce regard. C'est celui d'un badaud. D'un chaland. Il va des cheveux aux chaussures, c'est une vérification. Rien de plus. Ailleurs, Marthe le giflerait.

— Voulez-vous un deuxième cognac, demande-t-il en saisissant la bouteille posée sur la table basse qui occupe le centre du réduit, entre les chaises.

Marthe n'a pas bougé. Pas répondu non plus. Il lui tend un verre. Elle le prend, le vide d'un trait et le rend. Dans un seul geste. Comme dans un brillant revers de tennis. Elle ne pense plus du tout. Elle a chaud. On frappe.

— Oui, dit Lacombe.

Un inconnu entre. Il porte un pantalon sombre et une chemise lilas à manches courtes, sans cravate.

— Je vous présente Albert. Il sera notre valet de chambre. Vous voyez que vous ne vous trouvez pas dans un bouge.

— Tout est prêt, monsieur Lacombe, dit Albert.

Marthe a ce genre de voix en horreur. On a dû dire à cet homme qu'il avait des accents veloutés et il cultive ses graves. Il se veut envoûtant, mystérieux, caressant. Il est vulgaire. Comme son bronzage, huileux. Comme la chaîne d'or qui surcharge son poignet, comme la chevalière trop grosse, au petit doigt de sa main gauche, comme la médaille qui se balance sur sa poitrine, par-dessus la chemise ouverte. Sans parler de ses cheveux blondis à l'eau oxygénée, laqués, crêpés, qui lui font comme un casque qui tient tout seul, d'un bloc, au-dessus de la nuque. Il est à vomir. La voici, l'impression qu'elle a depuis qu'elle est entrée ici et qu'elle parvenait mal à définir. C'est bien ça : elle voudrait vomir.

— Nous montons.

Mais personne ne se met en route. Lacombe ne s'est pas levé. Il regarde Marthe, encore. Comme s'il cherchait un défaut. Une fine rayure sur une carrosserie.

— Vous portez un collant ?

— Oui.

Elle a répondu par pur réflexe. Ce n'est qu'après qu'elle ressent la violence de la question. Une brusque chaleur lui lacère le visage.

— Je m'en doutais, dit Lacombe. Aucun bas ne resterait aussi bien tendu à la cheville. Les femmes dédaignent les bas, maintenant. Je parle des femmes sérieuses, bien sûr. C'est dommage. Je n'aime pas les collants. La plupart des hommes les détestent, d'ailleurs. Je ne me sens pas très original en disant cela... Enlevez-le.

Marthe ne comprend pas du tout ce qu'il lui demande.

— Votre collant, enlevez-le.

— Ici ?

Elle voudrait s'évanouir. Elle se rend

compte, et ce sentiment lui fait honte, qu'elle ne refuserait pas d'enlever son collant devant Lacombe. Elle lui appartient. Ils ont passé cet accord et sans doute exigera-t-il bien d'autres choses d'elle, autrement plus pénibles. Elle sait ce qu'elle a accepté. Mais là, devant l'autre, non. Lacombe outrepasse les termes du contrat.

— C'est Albert qui vous gêne ? Mais puisque je vous dis que c'est notre valet de chambre... Vous n'avez pas très bien saisi où nous nous trouvons, il me semble. Alors, regardez.

Il tend la main vers l'encoignure, à gauche, et tire un cordon. Un rideau de velours s'écarte, que Marthe avait cru dissimuler une fenêtre. C'est une simple vitre qui donne sur une pièce plus grande et vivement éclairée où des femmes attendent. Elles sont quatre, assises dans des fauteuils rouge sombre. L'une lit un magazine. Deux autres, face à face, jouent en riant à un jeu que Marthe ne distingue pas. Quelque chose comme un jeu de l'oie ou de petits chevaux. On ne les entend pas. La dernière paraît endormie.

— Elles ne nous voient pas, mais si j'abaisse cet interrupteur, ici, une lampe va s'allumer au-dessus de ce qui est pour elles un miroir. Vous voulez juger par vous-même ?

Marthe ne veut rien. Elle ne répond pas. Lacombe actionne le petit levier. Aussitôt, comme piquées par des aiguillons, les filles se lèvent et viennent se grouper devant la vitre. Elles sont toutes très déshabillées. L'une d'elles est même totalement nue et ne porte que des chaussures trop hautes. Elles se trémoussent, prennent des poses obscènes. Celle qui est nue a ouvert la bouche et agite sa langue entre ses lèvres. Une autre se retourne et, après avoir baissé sa culotte, écarte ses fesses à deux mains. Marthe ferme les yeux.

— Regardez, mais regardez donc, dit Lacombe.

Elle regarde.

— Maintenant, je vais relever l'interrupteur.

Aussitôt, la pantomime prend fin, elles s'immobilisent, se rajustent, attendent. Des candidates pressées sur le seuil de la faculté lors de la proclamation des résultats. Lacombe referme le rideau.

— Elles vont être déçues, sans doute, de n'avoir convaincu personne. Elles doivent se rasseoir, déjà. A moins qu'une autre lampe ne s'allume. Il y en a autant que de salons, tout au long de ce mur de miroirs... Comprenez-vous où vous vous trouvez, Madame, maintenant ? C'est un bordel, ici. Un endroit où les femmes s'exécutent. Alors, enlevez votre collant.

La main de Marthe s'en va chercher le bas de sa jupe, relève l'étoffe jusqu'à mi-cuisses, pince le nylon, tire pour le faire descendre, mais ça ne suffit pas, il y faudrait aussi l'autre main.

— Confiez votre sac à Albert. Vous devrez bien l'abandonner, tôt ou tard, alors...

Albert avance d'un pas et tend le bras puis, comme elle n'a aucun geste pour lui donner l'objet, il s'en saisit et recule contre le mur, à sa place, talons joints, regard vide. Un valet.

Marthe se sent tout à coup désemparée, comme en déséquilibre. C'est comme si on lui avait volé le seul support où elle aurait pu s'appuyer.

Le collant se déchire mais descend, la jupe retombe. Marthe enlève une chaussure, puis l'autre. Elle tient une boule de mousse à la main. Elle reprend ses chaussures. Le cuir sur la peau. C'est difficile. Elle a chaud. Elle se redresse enfin. Un millier d'étoiles blanches s'allument autour de sa tête, se mettent en mouvement, passent au noir, se changent en mouches qui s'éloignent et disparaissent. Albert vient cueillir le chiffon brun et le jette dans le sac qu'il a ouvert. Un déclic. Il ne lui rend pas le bel objet tout plein de bribes d'elle-même et qui la rassurerait, peut-être.

— Allons-y, dit Lacombe en se levant un peu lourdement.

Albert ouvre la porte et s'efface en annonçant, avec des manières de liftier :

— Deuxième étage. Troisième petit nid d'amour à gauche.

— Merci, à tout à l'heure, dit Lacombe.

Il fait passer Marthe dans le couloir en la poussant du bout des doigts par le coude. On dirait qu'il répugne à la toucher. A chaque pas, elle sent l'ourlet de sa jupe lui donner de petites tapes derrière les genoux, sur la peau. Elle a l'impression confuse d'avoir oublié quelque chose.

Ils montent l'escalier, l'un suivant l'autre. Lacombe a refusé l'ascenseur.

— Vous connaissez la citation célèbre : « Le meilleur moment de l'amour, c'est quand on monte l'escalier. »

Marthe presse le pas. Son corps cherche à fuir, à s'envoler, à s'évader par le haut, les toits, le ciel.

— Arrêtez ! ordonne Lacombe presque aussitôt.

Il la rattrape, s'immobilise sur la même marche qu'elle. Un mot a suffi à la clouer sur place. Elle pense aux filles, en bas, quand s'éteint la lumière. Elle entend le souffle de Lacombe, un peu précipité. Elle le reçoit aussi, tiède, contre sa joue.

— Où allez-vous si vite ? Ne me faites pas croire que vous éprouvez l'impatience de la jeune épousée. Vous savez, nous avons tout le temps. Et je veux vous voir. Je veux avoir l'agrément de vous regarder. En détail. Je veux être juste derrière vous. Derrière les tendons de vos chevilles qui jouent à chaque pas. Et les muscles du mollet qui s'arrondissent. Et le creux de vos genoux, tendre comme des aisselles. Je veux imaginer vos cuisses sous le vêtement. Toucher tout cela avec les yeux et rêver du moment si proche et si lointain où j'y porterai la main.

Elle l'entend à peine. De nouveau un malaise s'insinue en elle. Une brume lui emplit le crâne. Elle serre la rampe à toute force. Elle va tomber en arrière. Il ne pourra pas la retenir et elle roulera dans l'escalier, jusqu'en bas. Lacombe pourra-t-il encore jouir d'elle quand elle sera morte ?

Elle pense à cette jeune femme à la robe relevée, morte elle aussi, sur la chaussée, un jour de printemps, quand elle était petite fille. Ça avait commencé par de la curiosité. Un attroupement sur le chemin de l'école, ça ne se manque pas. Elle s'était faufilée entre les vestes, les sacs, toute une forêt d'objets d'où s'échappaient des paroles confuses. « Elle s'est jetée sous la voiture », « Mais non, c'est le conducteur qui l'a pas vue », « Elle est morte », « Pas sûr », « Mais si, sur le coup », « Vous croyez ? », « Dame, tout ce sang »... La femme gisait à plat ventre, la tête prise sous le caoutchouc noir du pneu. Elle avait une position de gymnaste. De sauteuse au point d'appel. Les jambes très écartées, un genou replié. Elle portait des bas. Lacombe aurait été content. On voyait, au-dessus de la lisière, un peu de chair plus claire et le bord de sa culotte blanche. A côté de Marthe un homme grognait. Elle avait tourné la tête. Vêtu d'un costume sombre, il tenait une serviette fauve à la main. Sans doute un instituteur. Pour elle, à cette époque, quand on avait une serviette et un costume sombre, on était un instituteur. Il regardait fixement la femme écartelée. Il était seul au monde. Perdu au plus profond de lui-même. Et de sa main libre enfoncée dans la poche de son pantalon, il malaxait quelque chose qui gonflait le tissu, sur le devant. Non, il ne grognait pas, il gémissait plutôt. Marthe avait pensé qu'il devait bien connaître la dame pour avoir autant de chagrin.

Lacombe se caresserait-il aussi au-dessus de son cadavre, avec sa serviette dans l'autre main. Sa serviette qui contient ce pourquoi elle doit justement renoncer à mourir.

Elle reprend l'ascension, plus lentement. Elle sent Lacombe se glisser derrière elle. Une haleine chaude griffe ses jambes nues. Elle trouve les marches innombrables. Et trop hautes. Au premier étage, il veut qu'ils s'arrêtent encore. Il vient à côté d'elle, sur le palier, très près.

— Vous comprendrez que j'ai une grande satisfaction à monter l'escalier d'un bordel à la suite d'une femme aussi distinguée que vous. Qui s'en plaindrait ? Il me plaît finalement que vos jambes soient nues, surtout quand j'entrevois l'amorce de ces cuisses que vous allez avoir la gentillesse d'écarter tout à l'heure à mon intention. Tout cela est réjouissant, convenez-en.

Marthe regarde la fenêtre du palier. Un paon se déploie sur le vitrail. La lumière, qui traverse les petits carreaux de couleur cerclés de plomb, s'en va peindre une fresque pastel sur le tapis et se réchauffe contre le cuivre des barres de marches. Lacombe parle encore. Très bas. Tout près.

— J'ai vu aussi que vos jambes sont épilées de frais. Je vous signale tout de même que, derrière la cheville droite, vous avez oublié quelques courts poils noirs très drus qui laissent deviner quelle est votre nature. J'ai toujours aimé les brunes. Mais je serais déçu si vous étiez rasée aussi pour l'essentiel.

Marthe regarde le vitrail.

— Je vous ai posé une question, dit Lacombe d'un ton sec d'instituteur.

Marthe a l'impression d'être une petite fille et qu'à côté d'elle un inconnu se masturbe là, la main dans la poche. La morte a disparu. C'est elle-même dont le crâne éclaté saigne.

— Comment ?

— Je vous demande si vous êtes rasée.

Marthe tourne la tête vers lui, sans comprendre. Il y a dans ses yeux quelque chose de plus froid que la colère.

— Écoutez, gronde-t-il de sa voix fade, si vous ne voulez pas remplir votre part du contrat, redescendons et n'en parlons plus.

Il a l'air déterminé. Marthe a peur, soudain, qu'il la laisse là, tout d'un coup, à mi-chemin. En plein milieu de la honte.

— Non, non, je veux bien.

— Alors ?

— Mais je n'ai pas compris ce que vous me demandiez.

— Je voulais savoir si vous étiez rasée, plus haut que les jambes.

Marthe sursaute, comme s'il l'avait touchée à même la peau. Mais il faut bien répondre.

— Non.

— A la bonne heure... Même pas taillée, arrangée... Aucune coquetterie ?

— Non.

— Alors j'aimerais vous entendre dire comment vous êtes, à cet endroit.

Elle voudrait parler, en finir, mais n'y parvient pas. Elle regarde Lacombe. Peut-être sent-il qu'elle va pleurer.

— Vous pouvez me le dire à l'oreille, si ça vous aide.

Il tend la joue. Marthe voit l'ourlet de chair très rouge et des profondeurs moirées encombrées de crins gris. Elle réussit quand même à dire le mot.

— Faites une phrase complète autour de cet adjectif, je vous prie.

Quelqu'un d'autre, qui habite le corps de Marthe, fait une phrase.

— Vous voyez, on y arrive, sourit Lacombe. Votre réserve est charmante. Vous ne devez pas aimer qu'on vous regarde.

Elle baisse la tête. Elle est plus encore la petite fille auprès de l'instituteur, mais il en a fini avec sa manie. Cette fois, ils sont dans la salle de classe. Elle vient d'avouer une faiblesse et elle attend juste un peu de compréhension. Elle a horreur qu'on la regarde... eh bien, il ne la regardera pas, et voilà.

— Raison de plus pour vous montrer, dit Lacombe. Allez, encore un étage... Et ne montez pas trop vite, surtout, que je puisse bien profiter du spectacle. Je sais maintenant que vos jambes sont des routes soyeuses qui vont se perdre dans la forêt.

Marthe s'efforce de rester indifférente à tout cela, mais elle ne peut s'empêcher de regretter qu'on ne soit pas en été, ou qu'elle n'ait pas eu de visite médicale récemment. Alors, elle se serait fait épiler les aines, au moins. Tandis que là, son corps en friche va encore ajouter à sa gêne d'être nue, d'être vue. Et, en même temps, la futilité de ce pauvre souci la dégoûte. Elle a mal au ventre. Elle n'aurait pas dû boire. Comment deux petits verres peuvent-ils emplir toute une vessie ?... Mais elle ne cherche plus à fuir. Elle s'applique au contraire à monter lentement. Elle arrondit même sa démarche, balance un peu les hanches. S'il pouvait s'exciter tout seul, au point de jouir dans son pantalon, peut-être accepterait-il d'en rester là. Oui, c'est sans doute la solution. Il la veut soumise, elle le sera. Absolument. Et il se videra comme une outre qu'on presse. Il lui donnera sa cassette, sa photographie, et elle pourra rentrer chez elle. Se laver. Dormir. Oublier ça, qui sait...

On arrive au deuxième étage. Dans le couloir, la troisième porte est ouverte. Lacombe la fait entrer, la suit, referme derrière eux.

C'est une vaste pièce sans fenêtre. Ou alors, peut-être, au-delà de ces grands rideaux tirés... Mais un éclairage de plein jour, sorti de sources mystérieuses, abolit la plus petite ombre. On se croirait sur une scène de comédie, au Boulevard. Un plein feu. D'ailleurs, il y a un lit au milieu. A baldaquin, anormalement haut, comme posé sur une estrade. Un catafalque. Marthe regarde aussi le fauteuil modern style, aux gros accoudoirs arrondis et, à l'instant où la pensée s'organise enfin dans son esprit — qu'elle aimerait bien l'avoir chez elle pour le salon — elle se dit avec une bouffée d'espoir terrifié qu'elle va peut-être devenir folle. Plusieurs chaises entourent une table qui supporte un beau vase de cristal garni de fleurs fraîches. Sur les murs, des lithographies représentent des paysages d'été, de mer, de lointain. La liberté qu'on aurait crucifiée là, aux quatre coins de cette forteresse où tout est beige, le lit, le fauteuil, l'assise des chaises, tout, très clair, presque blanc. C'est un château laiteux. Un linceul.

Marthe ne voit aucune tache, aucune salissure, nulle part. Ce doit être cela, préparer la chambre. On efface jusqu'à la moindre trace. Après son passage, il n'en restera pas non plus. Dès dix-neuf heures quelqu'un — Albert ? — s'emploiera à faire disparaître toutes les preuves. Lacombe s'apprête à commettre un crime parfait.

Il l'a entraînée doucement jusqu'au milieu de la pièce et, maintenant, il lui lâche le bras.

— Ne bougez pas.

Elle découvre son sac sur une petite banquette qui longe le mur, en face. Albert a dû prendre l'ascenseur. C'est lui qui aura laissé la porte ouverte en repartant. Marthe pense brièvement qu'elle n'a entendu aucun bruit de serrure. Elle pourrait fuir. Elle est sportive. Lacombe ne parviendrait pas à la rattraper. Mais elle ne tente rien. A quoi bon. Il doit y avoir tant de moyens de l'arrêter, de la ramener là. Elle attend.

Lacombe passe à côté d'elle sans lui prêter attention et va ranger sa serviette sur la banquette tout contre son sac. Un couple... Puis il se dirige vers un placard. C'est un bar. Marthe n'a pas fait le moindre geste. Elle a vu des films, comme ça, où le jeune appelé conserve la position réglementaire devant le bureau du chef pendant que celui-ci continue de consulter des dossiers ou rallume un cigare éteint. C'est un peu ça : elle est au garde-à-vous. Elle attend les ordres.

— Vous voulez boire un petit verre ?

Marthe se dit que si elle accepte, elle va finir par être ivre. Ce serait le troisième cognac en moins d'une heure. Et elle dit oui, pour être ivre, justement. Elle boit. Elle rend le verre. Sa main retombe, inerte, contre sa cuisse. Lacombe boit aussi, lentement. Puis, après avoir refermé le placard, il vient vers elle. Il s'arrête à un pas. Marthe le voit de face, pour la première fois depuis le restaurant. Mais à présent il est très proche. Elle voit son gros nez, sa bouche rouge. Tous ses traits s'épatent comme déformés par une lentille d'appareil photo. Il lève la main et elle craint un instant qu'il ne la gifle à toute volée mais il ne fait que lui prendre la nuque, sans presque la toucher, comme on soutient la tête d'un malade pour l'aider à boire, et il bascule vers elle. Les lèvres vives se collent sur les siennes. Marthe se cabre.

— Allons, laissez-vous embrasser. Si nous débutons ainsi, autant ne rien entreprendre.

Marthe ouvre la bouche, tel un Bourgeois Gentilhomme qui s'exercerait à la lettre A. Aussitôt les lèvres reviennent, la bâillonnent et une langue épaisse et rêche l'étouffe. Elle suffoque. Pour se sauver, elle déglutit, elle est contrainte à téter cette chair. C'est un baiser.

Mais ça ne dure pas. Déjà il se retire.

— Très bien, dit-il.

Marthe vacille. Lacombe l'empoigne, les deux mains serrées sur ses bras.

— C'est une simple question de volonté, Madame. Dites-vous que vous n'allez pas vous évanouir et vous résisterez. Et ne me parlez pas de nausée alors que nous ne faisons que commencer, ce serait puéril. Allez, aspirez largement.

Marthe obéit au docteur. Elle aspire, expire, respire. Elle tient debout. Il peut la lâcher. Il la lâche.

Mais il ne s'éloigne pas. Marthe voit le bas de son visage à quelques centimètres d'elle. Peut-être a-t-elle laissé un peu de rouge sur ces grosses lèvres car elles lui paraissent plus écarlates encore. Comme écorchées. Elles approchent. Cette fois elle ne réagit plus. De nouveau, la langue la pénètre, immobile. C'est elle qui doit la presser, pour ne pas étouffer. Elle comprend qu'il reviendra, comme ça, dix fois, cent fois, entre deux phrases, car il parle, parle. Son odeur de tabac froid lui balaie le visage à grandes rafales de mots. Elle s'en fiche. Elle est ivre. Ce n'est plus tout à fait elle de qui Lacombe écarte les pans de veste. C'est le chemisier d'une autre qu'il commence à déboutonner, très lentement, sans même que ses doigts tremblent. C'est à une autre qu'il parle avec cette obstination de maniaque. Elle a mal au ventre. Elle voudrait pisser comme il parle, encore et encore.

— Dès la première fois que je vous ai vue, je vous ai désirée. C'était une folie. Une idée fixe. J'ai d'abord imaginé une histoire d'amour. Partagée, bien sûr. Je nous voyais tous les deux engagés dans une passion. Les rendez-vous clandestins. La fièvre. Le désordre. Les séparations interminables au milieu de l'urgence et des fatigues. Et puis, en public, les regards malgré la présence des autres. Les mains qui se retiennent une seconde de plus, qui s'étreignent. Des caresses furtives. Et le plaisir, toujours plus fort. J'assistais au vôtre. Le mien se perdait dans un mouchoir et je sortais du songe...

64

Plus tard me sont venues à l'esprit des pensées rocambolesques. J'étais masqué. Vous descendiez de votre voiture, la nuit, dans le parking de votre immeuble, j'étais caché derrière un pilier, le coton imbibé de chloroforme à la main...

Il a dégagé le dernier bouton, tout contre la ceinture de la jupe. Il tire d'un seul geste vers le haut, la soie retombe autour des hanches de Marthe. Elle doit former un rideau blanc au-dessous de la veste, comme le couvre-nuque d'un képi de légionnaire. Lacombe baisse les yeux vers le soutien-gorge de coton. Va-t-il voir qu'il s'agrafe sur le devant, entre les seins ? Ou ira-t-il chercher dans le dos ? Il parle.

— Et puis, il y a eu cette partie de poker. Je gagnais. Je gagne souvent. « Heureux au jeu... » Vous connaissez... Mais là, je gagnais vraiment tout. La voiture, la maison de campagne... C'est alors qu'il m'a proposé cette cassette... « De quoi déboulonner votre ministre », m'a-t-il dit... Aussitôt, c'est vous que j'ai vue. Je n'ai pas hésité.

Il n'a pas hésité. Les bonnets du soutien-gorge se séparent, se mettent à pendre sous le chemisier ouvert, en arrière des seins. Elle est maintenant comme entaillée du cou à la ceinture. Un poisson. Il pourrait bien lui arracher le cœur.

— Il y a plusieurs mois de cela. J'ai pris le temps de rêver. A chaque absence de votre mari, je me disais que le moment était venu. Mais je voulais tout prévoir, tout. Aujourd'hui, il m'a semblé que les répétitions avaient assez duré. Qu'il fallait jouer la pièce. Je me sens prêt à interpréter mon rôle à la perfection, et à vous souffler le vôtre. Pas une seule seconde je n'ai craint que vous refusiez ma proposition. Vous voyez que je ne péchais pas par optimisme.

De nouveau sa bouche. Le silence. Il la fouille longuement, une main en coupe sous son sein qu'il presse à peine. Plus que le baiser, c'est cette main qui provoque chez Marthe un haut-le-cœur. Mais déjà il ne la touche plus. Elle parvient à se ressaisir.

Cette fois il s'éloigne. Il enlève sa veste et va la poser bien à plat sur la banquette, près de sa serviette. La sueur dessine une petite tache sombre entre ses épaules. Marthe ne bouge pas. Elle reste là, les bras le long du corps, défaite jusqu'à la peau. Lacombe est très large, très lourd. Des bretelles grises retiennent son pantalon. Il revient. Marthe voit son front moite, tout près. Il la regarde.

— Vos seins sont fermes, encore. Je suppose que vous accordez le plus grand soin à votre corps. A votre âge, ma mère était une vieille femme. D'ailleurs il lui restait bien peu de temps à vivre. Vous pensez, six enfants ! C'est beaucoup de soucis, les enfants. Vous en savez quelque chose.

Sans doute cherche-t-il à lui remettre la photographie de Brice en mémoire. Mais l'ivresse s'éloigne. Elle ne se souvient que trop bien pourquoi il va bientôt la prendre.

— Ils sont fermes mais petits. Peut-être est-ce parce qu'ils sont petits qu'ils sont restés fermes, qu'en pensez-vous ?

Marthe se tait. Lacombe n'attend pas de réponse. Elle a compris qu'il sait suffisamment se faire entendre quand il désire qu'elle parle.

— En revanche, j'ai été satisfait, en montant, de voir que vous avez les jambes un peu fortes, ce qui d'ordinaire s'accompagne de courbes attrayantes. Je n'aimerais certainement pas que vous ayez des fesses de garçon.

— Je... balbutie Marthe. Mais elle ne peut continuer.

— Oui ?... Vous voulez me dire que vous avez des fesses de garçon ? Je n'en crois rien. N'oubliez pas que j'étais derrière vous, tout à l'heure, et le regard juste à leur hauteur. J'ai pu en apprécier l'ampleur.

— J'ai envie d'aller aux toilettes.

— Plus tard, élude Lacombe.

— Mais...

— J'ai dit plus tard !

Il est presque en colère. Marthe sent que des larmes vont lui exploser au coin des yeux.

Il enlève sa cravate, va la poser sur sa veste, là-bas, tout près de l'endroit où, sur une bobine de film, Brice suce le sexe d'un homme.

Lacombe a déboutonné le haut de sa chemise. Marthe voit le cou, rose, un peu fripé, comme les cuisses d'un nouveau-né. Elle voudrait fermer les yeux mais elle a peur qu'il ne la brusque encore. Elle regarde le ventre qui tend la chemise, entre les bretelles. Et le pantalon qui plonge tout droit jusqu'aux deux flaques noires que font les chaussures sur la moquette claire. Elle ne saurait dire s'il bande.

Il est revenu devant elle. Il passe les mains sous le col de son chemisier ouvert. Elles saisissent les brides de son soutien-gorge, sur les épaules, et redescendent le long de ses bras. La veste glisse et le chemisier, et les deux bonnets de coton, éventrés. La voici nue jusqu'à la taille. Ses vêtements se répandent en demi-couronne derrière elle. Elle est glacée.

Il l'a prise aux poignets, se penche, pose les lèvres dans le creux de son cou. Marthe sent la pointe de la langue promener son humidité jusqu'aux aisselles, là où elle se rase régulièrement et se poudre avec tant de soin pour estomper l'ombre des brunes. Il la déploie.

— Dommage, dit-il.

Il la lâche. Les bras de Marthe sont les ailes d'un oiseau mort qui tombe.

— Dégrafez votre jupe et laissez-la descendre.

Il recule pour la regarder faire. Lui-même

porte la main à sa braguette, dégage un crochet de métal qui brille une seconde, baisse la fermeture Éclair. Toujours retenu par les bretelles, son pantalon s'évase devant lui, bâille sur le pan de chemise, semble vouloir tourner autour de sa taille, comme un tonneau. Marthe pense à un clown. Sa jupe lui lèche les jambes, jusqu'aux pieds. Lacombe émet une sorte de petit bruit sec, comme un rire.

— Je ne pouvais pas espérer mieux, dit-il.

Et voyant qu'elle ne comprend pas, il interroge :

— Vous portez souvent ce genre de culotte ?

Marthe rougit. Elle a toujours privilégié le confort. Elle a même oublié que la plupart des femmes portent autre chose que ces culottes de petites filles qui l'enferment du haut des cuisses, sous le pli des fesses, au nombril. Elle n'y trouve que des avantages. La douceur du coton, aucune démarcation visible sous les vêtements, et sa toison presque entièrement couverte... Presque... Elle se trouble... Et voici qu'elle songe confusément qu'elle paraîtrait peut-être moins déshabillée avec un slip en dentelle rouge ou noire et des bas résille. On croit que dans de telles tenues les filles se montrent alors qu'en réalité qui sait si elles ne cherchent pas à se cacher ?

Lacombe décrit un cercle autour d'elle, la détaille. Il s'insinue sous ses bras, par-derrière et, lui saisissant les seins, se plaque contre son dos. Il lui souffle à l'oreille :

— Voici exactement ce que je voulais, Madame. Entrer dans votre intimité. Ça pourrait me suffire. Je crois que je suis comblé... Oui, vraiment, je pourrais vous laisser partir maintenant, vous donner les documents que vous désirez au point de tout accepter, et emporter avec moi cette image de vous dont vous devez être farouchement jalouse... Nous pourrions en rester là et ce serait inoubliable, déjà.

Un espoir insensé s'engouffre en Marthe. Une grâce est prononcée. Elle va se rhabiller en toute hâte, reprendre son sac, y fourrer la cassette, la photographie, dévaler l'escalier, sortir dans la rue, entrer dans un café, n'importe lequel, au plus près, aller au sous-sol, remonter sa jupe, baisser cette culotte qui le satisfait tellement et, un peu penchée en avant pour que sa peau ne touche pas la lunette, comme toujours, pisser, oui, pisser interminablement, pisser toute cette journée, cette honte, cette peur, cette ivresse, tout, et aussi cette inadmissible volonté d'endurer qu'elle ne s'explique pas et qui la retient au bord du dégoût, qui l'empêche de descendre s'y perdre. Oui, pisser, pisser.

Lacombe, qui l'a lâchée, reprend sa ronde.

— Seulement, voyez-vous, nous irons tout de même au bout. Parce que j'ai rêvé de cette séance jour après jour, jusque dans le moindre détail, je vous l'ai dit. Je l'ai vécue, en pensée, mille fois. Il faut que je me sorte cette folie de la tête... Écartez les pieds, autant que vous pourrez.

Tout retombe. On séquestre l'espoir. Marthe fait ce que Lacombe ordonne. Elle écarte les pieds jusqu'à ce que la jupe se tende autour de ses chevilles.

Il a porté la bouche à ses seins, a effleuré du bout de la langue chacun de ses mamelons, légèrement, comme par jeu, et il lui caresse l'intérieur des cuisses, le tâte, le pétrit.

— Vous avez un peu de cellulite.

De nouveau elle proteste. Enfin, son corps proteste pour elle en se cabrant.

— Ne le prenez pas mal. Je trouve cela attendrissant. J'aime les jambes fortes, permettez-moi de vous le rappeler.

Puis il se redresse et l'entoure de ses bras. Marthe sent à travers le coton les mains qui se posent sur ses fesses et s'y promènent lourdement.

— Vous n'avez rien d'un jeune homme, en effet.

Marthe se crispe, se ferme, se durcit. Tout son corps rétrécit. Elle préférerait qu'il la culbute, là, par terre, et qu'on en finisse.

— Je vous sens toute bloquée, se moque Lacombe. Dites, vous n'allez pas rester comme ça, j'espère. Vous êtes ici pour vous ouvrir, ne l'oubliez pas.

Un frisson la traverse, revient, repart, ne la quitte plus. Elle tremble. Elle va trembler jusqu'à éclater. Elle va mourir de ce tremblement.

— Dites, insiste Lacombe.

— Oui.

— J'attends.

— Oui... Oui...

— Eh bien, dites-le.

— Je suis venue ici pour m'ouvrir.

Elle se détend, comme si c'était cette phrase elle-même qui l'avait rendue malade avant de passer enfin ses lèvres.

— Vous voyez comme c'est important, la parole. Certains docteurs appellent ça "verbaliser". Mais je trouve qu'il y a là un petit côté gendarmerie un peu désagréable. Je préfère "exprimer", j'ignore pourquoi. Peut-être parce que ce mot se termine par « rimer ». Un brin de poésie ne nuit pas. Vous ne me direz pas le contraire, vous qui lisez beaucoup, je crois, pour le ministre...

Comment a-t-il pu apprendre qu'elle prépare des notes de lecture pour Jean ?

— Ça vous étonne que je sache aussi cela. Mais je sais tout sur le ministre et sur vous, absolument tout... Enfin, l'honnêteté m'oblige à avouer que j'ignorais tout de même que vous portiez ce genre de lingerie, c'est pour moi une vraie surprise. Délicieuse, d'ailleurs.

Il la pétrit toujours, presque distraitement.

— Je sais parfaitement, aussi, que les capacités, pourtant considérables, de votre mari, ne dépassent pas le domaine du droit. Pour le reste, toutes ces remarques pertinentes qui lui échappent dans les expositions de peinture ou autres, ne sont que récitation. En réalité, vous êtes passée la veille et vous lui avez mis en bouche ce qu'il convenait de dire. Même chose pour les films ou les pièces de théâtre où il s'endort habilement à vos côtés, la joue appuyée sur la main ouverte, ou pour les livres qu'il n'a jamais lus. A nous deux, nous formons une très grosse part de sa brillante image publique. Nous nous complétons, si vous voulez. Et, avec votre permission, je dirai que nous allons le prouver tout à l'heure, sur ce grand lit qui nous attend... Mais revenons au présent et à cette jolie culotte qui vous cache trop bien... J'aimerais que vous me demandiez de la baisser. Ce sera très inattendu qu'une main d'homme se charge de cela, n'est-ce pas ? Nous nous connaissons si peu. Vous n'imaginiez pas possible une chose pareille quand vous l'avez enfilée, à midi, après que je vous ai téléphoné.

Marthe se revoit dans la salle de bains, chez elle. C'était une autre femme. Une autre vie. Un monde perdu où les chambres ne se transforment pas tout à coup en manèges ivres.

— Alors ?... Je tiens beaucoup à cette invitation.

Marthe a la bouche sèche. Elle est penchée au bord d'un puits.

— Je... Je ne peux pas.

— Mais si, voyons, je vous demanderai bien d'autres choses.

— Baissez ma culotte, souffle-t-elle enfin en tombant.

Mais elle reste droite, sans comprendre comment. Des pouces se glissent dans sa ceinture, contre les reins, reviennent sur les hanches, appuient vers le bas. Le coton roule, se met en boudin. Marthe se sent écorchée, épluchée. De nouveau, un vertige déferle. Elle voudrait tant aller aux toilettes. Et s'évanouir aussi. Mourir, peut-être... A mi-cuisses, il s'est arrêté... Assez stupidement, l'idée lui vient qu'elle doit ressembler à un escabeau. Un barreau pour la jupe, un pour le slip. Et, elle y repense, tout en haut, sa toison complète, naturelle, sauvage, obscène. Il va la voir.

Il y porte justement la main. Il y enfonce ses doigts, en râteau, sans toucher sa chair. Il la peigne.

— En voyant vos cheveux et ce duvet près de l'oreille, j'ai longtemps rêvé à ce que vous pouviez avoir entre les jambes. J'avoue que je ne suis pas déçu... Moi-même qui ai une barbe très tendre et peu de poils sur le reste du corps, y compris sur les jambes, je suis très fourni à cet endroit, vous verrez... Nous allons bien nous entendre.

Marthe ne l'écoute pas. Elle ne tiendra plus que quelques secondes. Elle va éclater. Prise de panique, elle crie presque :

— Il faut que j'aille aux toilettes !

— Bien, nous allons remédier à cela. Mais je vous fais une gentillesse, aussi devrez-vous la payer d'un vrai baiser, c'est bien le moins.

Il tend la bouche. Marthe y écrase ses lèvres, l'embrasse, l'embrasse, roule sa langue autour de la sienne. Tout ce qu'il veut. Tout ce qu'il veut.

— Vous voyez, quand vous y mettez du vôtre... Ne bougez pas.

Il la laisse là, jambes écartées, jupe aux pieds, culotte à mi-cuisses. Il va frapper à une porte, à gauche, que Marthe n'avait pas remarquée. Bientôt, Albert paraît. Derrière lui, il y a une lumière très vive, très blanche. Sans doute s'agit-il d'une salle de bains. Elle aime déjà cette pièce. Cette pièce sans lit, sans Lacombe, sans rien, juste avec une cuvette où s'asseoir.

— Madame veut faire pipi.

— J'arrive, dit Albert.

Et on ne le voit plus.

C'est pourtant bien une salle de bains. Marthe aperçoit l'extrémité d'une baignoire, et une console couverte de flacons. Elle va y aller.

— Ne bougez pas, répète Lacombe qui est revenu tout près d'elle.

Albert reparaît. Il tient un pot de chambre à l'ancienne, en verre blanc. Ou en cristal, pourquoi pas, pense Marthe. Elle imagine aussi que Lacombe va la regarder s'accroupir. Eh bien, qu'il la regarde, elle s'en fiche. Une cuvette, un pot, tout ça n'a aucune importance. Mais non, Albert ne tend pas l'objet. Ni à elle ni à Lacombe. Il le garde. Et elle ne s'accroupira pas non plus, Albert vient de le lui placer entre les cuisses. Le contact du verre la fait frissonner.

— On a la chair de poule, ma poule, dit Albert.

De cela aussi, elle se fiche bien, Marthe. Son esprit est déjà tout entier dans la délivrance. Pourtant, son corps divorce. Elle a une pierre dans le ventre. Elle se change en statue. Elle est morte, de nouveau. Cependant Albert a fermé le poing de sa main libre et le lui appuie de toutes ses forces sur l'abdomen. Marthe pousse un cri et, aussitôt, elle entend le bruit au fond du vase. Elle ne sent rien. Seulement une douleur autour de la ceinture. Puis les sensations reviennent. Et la honte. Mais elle ne peut plus s'arrêter. Elle se videra complètement. Debout, se dit-elle. A grands jets, pense-t-elle. Une vache. Puis la puissance faiblit. Il y a ensuite quelques sursauts. Des rasades. Enfin elle s'égoutte, comme un robinet mal fermé. Albert retire son poing. Il élève le pot entre leurs visages. Comment a-t-elle pu rester en vie avec tout ça dans le corps.

— De l'or, dit Albert.

Son autre main descend, agile. Moins d'une seconde, il effleure du bout de l'index le sexe de Marthe, remonte son doigt mouillé qu'il fait briller dans la lumière. Brusquement, il le suce.

— Du miel.

Marthe pleure doucement. Lacombe s'est approché. Il la prend aux épaules, s'incline, embrasse ses larmes, les sèche avec ses lèvres closes et il se passe alors une chose insensée, qui persuade Marthe qu'elle a, cette fois, tout à fait perdu la raison :

— Merci, dit-elle.

Albert s'en va. Avant de franchir la porte, il se retourne et considère Marthe longuement.

— Elle est belle.

Puis, alors que ses yeux se fixent un instant sur la ceinture béante de Lacombe, il s'enquiert, comme par courtoisie :

— Vous l'avez baisée ?

— Pas encore.

— Elle est pas jeune, jeune, mais parfois elles sont meilleures. Plus moelleuses.

Et, la perçant d'un coup d'œil à la fourche des jambes :

— En tout cas, elle en a une sacrée touffe.

— N'est-ce pas ? dit Lacombe d'un ton aimable.

— Bon, je vaque... Si vous avez besoin de moi...

— Bien sûr, je vous appelle... A tout à l'heure...

La porte se referme. Lacombe est là, contre elle. Marthe doit longtemps l'embrasser. Une main lui caresse le dos, les fesses, remonte. Ça ne finira jamais.

Soudain, il saisit son poignet droit. Il serre. Elle sent sa main s'ouvrir. Il l'attire à lui. La paume vient se plaquer sur le devant de son pantalon.

— Au travail, dit Lacombe.

Elle rencontre le drap épais où guettent des désirs. C'est ce geste, exactement, qu'avait fait l'inconnu, dans le métro bondé, ce jour d'hiver où Marthe revenait de ses cours à la faculté.

Il y avait d'abord eu ce regard de feu, porté sur elle, et qui ne la lâchait pas. Elle ne pouvait changer de place et se laissait consumer, ballottée par les voyageurs qui se relayaient autour d'elle. Dans les voitures vertes à banquettes de bois de cette époque, les portes exhalaient un grand soupir à chaque station et une odeur brûlante se mêlait à la chaleur des gens, au bruissement confus des conversations et vous tournait un peu la tête. Le regard approchait que Marthe feignait de ne pas voir. Elle étouffait. Elle aurait voulu enlever son manteau mais n'était parvenue qu'à le déboutonner tant les autres la pressaient. Une station encore et l'homme se retrouva tout contre elle. Il la fixait toujours. Tout à coup, elle avait senti qu'il avançait un genou pour le glisser entre ses jambes. Elle l'en aurait empêché si, au même moment, il n'avait saisi son poignet, justement, très fort aussi, comme Lacombe, pour lui faire ouvrir la main. Hésitant sur l'assaut qu'elle devait repousser d'abord, elle avait dû les subir tous les deux. D'ailleurs le souhaitait-elle encore ? Une cuisse vigoureuse lui appuyait maintenant sur le ventre, par en dessous, et ses doigts se refermaient sur la barre de chair tendue qui bousculait l'étoffe. Elle avait si chaud. Les pans de leurs manteaux ouverts se mêlaient entre eux. Ils partageaient une même chaleur. Il ne cessait de la dévisager. Elle ne quittait pas des yeux le col de son pardessus. Elle ouvrit des boutons, pénétra dans la tiédeur du linge, trouva la peau si douce. Elle se promena le long de la chair enflée, jusqu'au bout, puis revint, plusieurs fois, lentement, avec une science insoupçonnée et troublante. Quand, à l'un de ces petits parcours clandestins, ses doigts s'étaient englués sur une perle sirupeuse qui sourdait là, elle avait donné un grand coup de reins et, enfourchant la cuisse de tout son poids, elle avait fermé les yeux tandis que son front allait buter sur la poitrine de grosse laine pour s'y reposer un instant. Avait-elle perdu connaissance tout en restant debout, ainsi épaulée par la foule ? En tout cas, lorsqu'elle retrouva quelque lucidité, les voyageurs la comprimaient toujours mais l'inconnu n'était plus là. C'est seulement en descendant sur le quai, quelques arrêts plus loin, qu'elle s'était aperçue que son sac avait disparu, lui aussi.

Et, aujourd'hui, que veut lui voler ce gros juge en chemise qui lui impose une reconstitution après tant d'années ? Rien. Que pourrait-il lui voler de plus ? Tout ce qu'il ne possède pas encore lui est promis. Une nouvelle fois la main de Marthe rencontre, à travers le tissu, le sexe étranger d'un homme qui la regarde. Mais à présent elle est nue et il la prendra tout à l'heure. Marthe tâte la forme indistincte dont l'épaisseur l'étonne, elle en cherche les contours. Sa main s'éloigne, vivement, comme mordue par cet examen.

— Oui, dit Lacombe. Je suis un peu fort, j'en conviens. La corpulence, chez moi, va se nicher jusqu'ici. Croyez bien que je n'en tire aucune vanité. Mais rassurez-vous, la plupart des femmes ont des capacités d'accueil qu'elles ne soupçonnent même pas. Je vais vous montrer de quoi il s'agit pour que vous puissiez mieux vous préparer à cette réalité. Souvent le mystère seul provoque des terreurs.

Il recule, plonge les deux mains dans son pantalon entrouvert, y fouille un instant et ramène de sa pêche une ignoble trompe. Marthe crie. Pas un cri de surprise. Pas un cri de femme offusquée. Le cri atroce d'un enfant qu'un cauchemar poursuit après son réveil.

Lacombe a mis sa paume en coupe sous la masse sombre de ses bourses. Une fourrure serrée les couvre tout entières et enferme aussi la base de la tige épaisse. On dirait le fourreau d'un cheval. Un ours. Un taureau. Et toute cette chair rose qui s'en échappe et la boule mauve, au bout, encore, qui luit. Si on ne lui avait pas brutalement arraché les paupières sans même qu'elle s'en rende compte, Marthe fermerait les yeux. Lacombe se flatte à deux mains. Il parle.

— Vous n'avez que trop entendu parler de la fille que Minos avait faite à Pasiphaé. Apprenez aujourd'hui qu'il avait également un fils, et le voici. Lorsque je vous posséderai tout à l'heure, nous ressemblerons à l'un de ces dessins que Picasso a faits à une époque. Je vous conseille de ne rien perdre de ce tableau afin d'en rendre un fidèle rapport à Monsieur le Ministre. Il va encore épater bien des gens, grâce à nous.

Il rit. C'est la première fois. Marthe voit ses yeux se plisser, ses grosses lèvres s'étirer, la peau de ses joues trembler un peu. C'est un Chinois. Elle se répète sans le vouloir cette expression vulgaire entendue elle ne sait plus où ni quand : « Polir le chinois. » Son regard descend. Lacombe a les bras ballants, son pantalon bâille devant lui. On ne voit plus rien. Marthe ne pourrait dire, même, s'il bande encore, dans l'ombre. Elle pense, contre toute certitude, qu'elle a peut-être rêvé.

— Après ce bref inventaire, dit Lacombe comme pour dissiper ses faibles doutes, voyons si vous saurez utiliser au mieux vos compétences.

Il s'approche et, lui reprenant le poignet, lui enfouit la main dans son linge. Marthe reproduit les gestes du métro. Sans le moindre trouble, cette fois. Sous le coton palpite la chair odieuse qu'elle presse. Elle a mal aux jambes à force de rester immobile, écartée. Elle pense au zoo. A un couple de zèbres qu'elle a vu, un jour. Elle avait cherché un moyen de détourner l'attention du petit Brice... Le petit Brice... Elle revoit la photographie tandis qu'elle s'applique à traire le gros monsieur. Tel fils, telle mère. Ce soir, elle se tuera.

— Ça suffit, souffle Lacombe en s'arrachant à sa caresse. Ne perdons pas trop tôt une précieuse substance. Sortez de votre jupe, ôtez vos chaussures, enlevez aussi votre culotte et allez vous asseoir sur le fauteuil.

Il n'a aucune profondeur, ce fauteuil. Le dos calé contre le dossier, Marthe a les cuisses dans le vide, comme si elle était assise sur le bord d'une chaise basse. Elle est totalement nue face à cet homme débraillé, dans l'attitude d'une dame anglaise à cinq heures. Il ne lui manque qu'une tasse de thé.

Lacombe vient s'agenouiller devant elle. Pour la première fois, elle le domine. Mais c'est seulement un point de vue. Il ordonne.

— Montrez-vous.

Les genoux de Marthe se serrent. Ils tentent avec quelque succès de se souder l'un à l'autre.

— Montrez-vous, et vite !

Ils s'écartent tout seuls, ses genoux, sans qu'elle ait rien décidé. Ils s'en vont, chacun vers un accoudoir où Marthe a posé les bras. Elle trône. Elle se demande quel peut être son royaume. Elle rejette la tête en arrière. Elle regarde le lustre, comme pour en retenir par cœur le plus petit détail. Lacombe doit s'arracher les yeux à la scruter. Elle s'en fout.

— Voici donc la porte du temple, dit une voix qui monte de son ventre. Les battants n'en sont pas minces, Dieu merci.

Un souffle moite frôle les lèvres du sexe de Marthe. Lacombe doit se tenir tout près. Elle parvient à l'ignorer. Elle pourrait s'endormir. Elle n'a plus mal au ventre, ni aux jambes, nulle part. Elle se repose.

Mais des doigts la touchent, l'écartent. A nouveau elle se cabre. Lacombe la saisit sous les genoux, les soulève, pose sa bouche sur elle, exhibée. Marthe sent la langue, les lèvres, au point le plus secret, là où jamais personne, même Jean... Elle va crier, encore et encore... Mais Lacombe ne s'attarde pas. Ses pieds peuvent bientôt regagner le tapis. Maintenant, il la lape à petits coups, très haut. Parfois il s'arrête et parle. Puis il reprend sa besogne obstinée, méthodique, lancinante.

— J'apprécie ce privilège exceptionnel. Les hommes comme moi embrassent fort peu de vraies femmes qui dégagent une odeur de femme. Les putains qui acceptent ce genre de chose, et qui deviennent d'ailleurs très rares, disparaissent entièrement derrière les parfums dont elles s'aspergent. Il ne reste alors qu'un geste. Mais vous, on vous déguste. On devrait même se recouvrir la tête d'une serviette de table comme on fait pour manger des ortolans. Oui, vraiment, quel menu !

Sa langue danse, légère. Il est habile. Marthe pense à Jean qui sait si bien... Pas mieux... Tout à coup, elle doit aspirer très fort et cette alerte l'oblige à ouvrir les yeux. Il faut qu'elle le regarde, au contraire. Qu'elle ne se laisse à aucun prix convaincre par ces petits effleurements rapides qui l'exaspèrent. Elle voit la lourde forme prostrée devant elle, en prière, les cheveux gris clairsemés, le gros nez enfoncé dans sa toison bouclée, comme un groin. Elle tente de refermer les jambes, mais il la tient. Elle s'attache seulement à respirer à grands coups, comme pour une course. Elle ne flanchera pas.

Lacombe semble infatigable. Elle voudrait s'évanouir pour échapper à cette chaleur qui monte quand même. Heureusement il lui a basculé à nouveau les jambes et le voici qui recommence, par-derrière. Un point d'orgue. Une parenthèse qu'on ferme.

— Vous n'êtes pas aussi insensible que vous affectez de le paraître, note-t-il avec un sourire qui déclenche un effondrement infranchissable sur le chemin du plaisir où elle allait s'égarer. Elle pourrait le remercier pour cette maladresse.

Il s'est avancé plus encore. Arrivé contre elle, il s'en va puiser au fond de son pantalon ce que Marthe a dû caresser tout à l'heure. Elle regarde, regarde. Il ne la pénétrera pas. Elle n'a rien décidé, mais son corps s'en charge. Il ne réussira pas. Elle le sait. Elle est bloquée. Pire que vierge. Fortifiée.

D'une main experte, Lacombe écarte les

lèvres tendres et applique la boule violette entre elles. Une larme claire luit en son milieu. Marthe pense au métro. Elle donnerait son sac et tout ce qu'on exigerait pour vivre cela plutôt que ceci. Lacombe pousse. Marthe crie. Il pousse encore.

— Allons, ouvrez-vous donc.

Marthe ne refuse pas de s'ouvrir. Elle aurait moins mal. Mais elle ne peut rien faire. Le passage est barré.

Lacombe bat en retraite, se relève, son inconcevable branche se balance devant lui. Marthe voudrait s'y pendre. Il lui tourne le dos et va frapper à la porte. Albert se montre.

— Elle est barricadée.

— J'arrive.

Lacombe revient. Il domine Marthe de toute sa taille. Son sexe qui, maintenant, penche, se recroqueville comme un gros rat.

— Je vous ai dit que je déteste la violence. Je ne vais certainement pas vous prendre de force. Pourtant, il faut bien que nous y parvenions. Aussi Albert va-t-il nous aider. Ne craignez rien, c'est un professionnel.

Albert approche. Il tient à la main un petit plateau qu'il dépose à côté du fauteuil. Marthe a refermé les jambes.

— Ouvrez-vous, ordonne Lacombe.

Les genoux de Marthe s'en retournent vers les accoudoirs.

— La vache, ça c'est de la belle chatte ! dit Albert.

— Succulente, mais qui ne sait pas honorer ses promesses gourmandes, répond Lacombe avec, à nouveau, ce sourire qui la verrouille.

A genoux, Albert a trempé son index dans le bol posé sur le plateau, et rempli d'une crème transparente. Marthe pense à ces gels que certains se mettent sur les cheveux. Il le pointe contre le ventre offert et, tout d'un coup, l'enfonce. Marthe suffoque. Le doigt a disparu dans le passage pourtant obstrué pour toujours.

— Elle est serrée comme un cul de petit garçon, diagnostique Albert. Vous voulez que je vous l'élargisse ?

— Faites, dit Lacombe.

Albert se déboutonne. Il porte un pantalon de marin, à pont. Le devant bascule, lui fait un tablier. Il écarte la chemise. Il n'a pas de slip. Marthe voit une pieuvre pâle et molle, couchée sur un nid de poils clairs.

— Comme ses confrères, Albert est un phénomène, informe Lacombe. Il peut bander à volonté, à tout moment de la journée. Il comble les rombières qui le paient pour ça, et quelques épouses que leurs maris tiennent par la main d'un bout à l'autre de l'opération.

Albert a donné une simple pichenette à son membre et celui-ci s'est aussitôt dressé. Il est rose et allongé. Marthe, qui voudrait tant vomir ces images, voit, voit. Sans doute ce sexe d'homme est-il normal mais il lui paraît fin à côté de celui de Lacombe qui pend lourdement devant lui. Albert poursuit sa préparation. Il a saisi un préservatif dont il se coiffe, d'un seul mouvement, jusqu'aux deux tiers de la longueur. Puis il se recouvre de gelée, à pleine main, comme s'il se masturbait. La queue luit.

— Ne croyez pas qu'Albert vous désire, en ce moment, dit Lacombe. Il ne fait que son travail. Pour qu'il s'intéresse à vous, il faudrait que je vous livre à lui. Et je parie qu'il commencerait par vous faire changer de position.

— Oui, par goût, moi j'encule plutôt, précise Albert.

Et il se présente contre Marthe, l'ouvre, pousse, s'introduit. Il avance en elle, sans violence. C'est un prodige. Marthe ne sent rien, d'abord. Il est en elle et elle demeure fermée. Puis il ressort et pousse à nouveau. La sensation déferle, insupportable. C'est un viol froid. Elle préfère encore le désir de Lacombe dont la bête velue se réveille.

— Ça va aller, dit Albert qui s'agite toujours avec application. Vous y arriverez facile, même avec votre volumineuse. Elle peut en prendre, allez ! Regardez ça, je lui mets tout et elle est pas pleine.

Et il s'engouffre jusqu'au bout avant de se dégager. Il se relève, ramasse son plateau, s'éloigne toujours bandant.

Il n'a pas essayé d'avoir du plaisir, de la caresser, rien. Un mécanicien. D'ailleurs, ne lance-t-il pas avant de refermer la porte sur lui :

94

— En tout cas, là, elle est graissée pour toute la journée.

— Allez sur le lit, dit alors Lacombe.

Marthe va coucher avec le gros monsieur. Petite fille, elle imaginait que coucher avec un garçon consistait à s'étendre côte à côte, les mains jointes sur la poitrine, et rester là jusqu'à la fin du monde. Comme Héloïse et Abélard, dans leur chapelle du Père-Lachaise. Enfin, pas vraiment une chapelle, un baldaquin de pierre, plutôt.

Marthe pénètre sous le baldaquin, monte sur le lit immense, en trouve le centre, se retourne, s'allonge. Une autre femme s'allonge aussi, nue, brune, en face d'elle. Il y a un miroir au plafond.

Lacombe entre dans cet étang, la tête la première. Une fois encore le voici qui vient se mettre à genoux entre les jambes qu'il a écartées. Il fait glisser ses bretelles. Mais c'est tout. Il ne baisse même pas son pantalon qui reste accroché à ses hanches larges. Son mât pointe horriblement devant lui. Il s'installe au-dessus de Marthe, en appui sur

les bras tendus. Il la recouvre entièrement.
Elle ne se voit presque plus. Il n'y a qu'une
chemise blanche, un pantalon bleu barré de
bretelles claires et deux jambes nues qui
semblent lui sortir des poches. Ce monstre a
aussi deux têtes : une boule de cheveux gris
et un visage de femme brune qui se regarde
lui-même avec des yeux de folle.

— Servez-vous, je vous prie, dit Lacombe.

Il faut saisir la hampe charnue, en presser
le bout brûlant contre elle, l'engager, pousser un peu du ventre pour tenter de l'avaler.

D'abord, ça va. C'est comme l'autre. Puis
ça ne va plus. Elle a encore la main serrée
autour de lui, entre chair et pelage, que
déjà elle se sent saturée.

— Assez, assez, le supplie-t-elle.

— Mais non, allons, poussez donc, au
lieu de retenir.

C'est Brice qui naît encore. « Poussez »,
lui disait-on déjà quand il venait au monde.
C'est lui, adulte, qui cherche à remonter
dans son ventre. Il va la tuer. Brice tue sa
mère. Elle a mal partout. Pas seulement là,
en bas, mais partout. La douleur forme un
soleil énorme qui la consume. Ça irradie

depuis la colonne vertébrale jusque dans les pieds, dans les mains, la nuque, les tempes, partout. Ça lui cogne jusque derrière les yeux. Ça lui crève les tympans. Chaque pore de sa peau crache sa sueur, elle en a les cheveux trempés... Mais Lacombe ne la lâchera plus. Elle peut bien mourir maintenant, il l'aura encore tiède. Il pousse. Elle aussi. Que faire d'autre. Elle ne le tient plus. Il s'enfonce. Bientôt l'épaisse base poilue passe ses lèvres meurtries. Elle n'a plus mal. Elle ne sent plus rien du tout. Quelque chose a dû se casser. Un nerf, un vaisseau. Elle ne sent plus rien. Elle a peur. Puis il bouge, très lentement. La crème dont Albert l'a enduite se répand entre eux. Lacombe commence à glisser. Elle voit son visage se durcir. Elle sait que ça ne durera pas. Il se tient toujours au-dessus d'elle, à distance, mais sur les coudes, cette fois. Elle le voit de très près. Son gros nez palpite comme un autre sexe. Marthe s'étonne que Lacombe ne lui ordonne pas de lui sucer le nez. Elle le ferait. Pourquoi pas ? Elle ferait tout pourvu que cela s'arrête.

Brusquement, il respire très fort, comme

s'il avait un malaise cardiaque. Il devient pâle. Il l'informe qu'il va jouir et lui dit de l'y inviter.

— Oui, dit-elle.

— Non, dites le mot.

Elle le dit. Il lui en souffle un autre, plus cru. Elle le dit sans s'émouvoir. Il n'évoque rien pour elle, en ce moment, si ce n'est des déménageurs qui sortent des caisses d'un camion. Mais elle le dit. Et elle le répète, comme on encourage un cheval. Il lui semble que Lacombe grossit encore en elle. Elle sent le bout de ce sexe énorme qui lui appuie sur le cerveau et un voile lui tombe au fond des yeux lorsqu'il lâche enfin la coulée de lave qui la souille. Il y a des spasmes et des spasmes. Ça ne finit pas. Marthe pense aux soldats en armure qui renversaient d'immenses chaudrons pleins d'huile fumante du haut des tours. Marthe dégringole de l'échelle, jusqu'au bas des remparts, ébouillantée. C'est fini. Lacombe s'est effondré sur elle. Il est lourd. Il lui embrasse doucement l'oreille, haletant, et peut-être trouve-t-elle ce baiser bien pire que tout le reste. Il se calme. Déjà la tension se fait moins grande dans le ventre de Marthe. Il va dormir. Elle pousse pour l'expulser mais il donne un coup de reins pour demeurer niché. Elle ne bouge plus. Que va-t-il faire des heures inutiles qu'elle lui doit ?

— Maintenant, vous pouvez vous glorifier du beau titre de putain. Vous avez procuré du plaisir à un homme contre rançon. Qu'en pensez-vous ?

— Oui.

— Quoi, oui ?

— Je suis une putain, dit Marthe.

— Ma putain.

— Votre putain. Je suis votre putain.

Il donne encore un coup. Le sexe de Lacombe remue dans son plaisir, s'y vautre.

— Eh bien, poursuit-il à mi-voix, comme dans une confidence amoureuse, vous allez avoir le loisir de le prouver. Jusqu'à dix-huit heures, car je veux encore passer un moment avec vous après, jusqu'à dix-huit heures, donc, vous allez descendre au salon que je vous ai montré en arrivant, vous y partagerez la compagnie des filles et vous satisferez les clients qui vous choisiront.

Marthe tombe, tombe. Tout son corps se rétracte. Elle se referme sur le membre de Lacombe, comme un poing. Il en gémit d'aise.

— Vous serez vêtue d'un loup de carnaval pour que personne ne vous reconnaisse, on ne sait jamais. Et de vos chaussures. Ça suffira bien. Noir en haut, noir en bas. Et noir au milieu, ne l'oublions pas. Notre hôtesse vous expliquera comment vous devez vous y prendre avec les clients. Elle les informera elle-même que vous n'avez aucune spécialité, n'en demandons pas trop, c'est-à-dire qu'ils devront se contenter de vous saillir aussi classiquement que je viens de le faire avec grand plaisir. Dans la position de leur choix, il est vrai, mais ça réduit beaucoup la clientèle. Tant pis. Elle les préviendra aussi que vous exigez un préservatif, mais ici, tout le monde en a pris l'habitude. Vous avez vu Albert. C'est un réflexe. Une sorte de ceinture de sécurité qu'on boucle sans y penser. Moi seul m'octroie le privilège de m'en passer et de vous prendre, comme on dit joliment, à cru. Bien sûr, il vous sera interdit de refuser un consommateur, quel que soit son aspect physique ou ses manières. Ne viennent ici que des gens qui ont beaucoup d'argent, ce qui n'exclut nullement la grossièreté, vous verrez. Pendant tout ce temps, je vous regarderai, évidemment. Dans un endroit aussi raffiné, les miroirs ordinaires ne sont pas légion.

Marthe cherche des visages, des yeux dans le plafond.

— Si, par malheur, vous deviez ne plaire à personne et revenir bredouille, je vous livrerais à Albert en l'autorisant à user de vous comme il l'entend. C'est-à-dire de la façon qu'il vous a précisée tout à l'heure.

Lacombe distille ainsi, sans fin, son discours crépusculaire qu'il souligne de brefs coups de reins et Marthe comprend très vite qu'il va recommencer, sans sortir. Sans qu'elle puisse se vider de tout ce qu'il a déjà déversé en elle et qui, en se mêlant au lubrifiant d'Albert, tapisse son ventre d'une bouillie chaude. De nouveau, elle le sent durcir. Et il continue de parler, d'expliquer. Il bouge en fin de phrase. Il ponctue. Elle essaie d'accompagner ces minuscules assauts pour éviter la douleur déchirante qu'il lui inflige quand elle résiste.

— N'oubliez pas, surtout, que dès qu'on vous met en présence d'un client, vous lui appartenez car il a déjà payé à notre hôtesse. N'allez pas lui gâcher sa montée de l'escalier comme vous vouliez d'abord le faire avec moi. D'autant plus que vous serez nue.

Il bouge, s'enfonce. La toison du gros sac qui balance entre eux vient balayer la peau de Marthe, en dessous.

— Vous ne pourriez le priver d'un pareil plaisir. A chaque marche, vous levez le pied et vos fesses se disjoignent, Madame. Lui est là. Il vous suit.

Il multiplie ses coups de reins, maintenant.

— Son regard se coule dans l'ombre et vient vous lécher par-derrière.

Il se démène. Il est en train de la prendre de nouveau. Il baratte le jus dont il l'a remplie tout à l'heure. Il continue de parler mais Marthe ne l'entend plus. Elle s'acharne à endiguer quelque chose. C'est en rapport avec ses nerfs. Elle a des fourmillements dans les pieds, dans les mains, aux épaules. Elle a très mal aux seins, aussi, que Lacombe n'a pourtant pas touchés. Elle voudrait qu'il les touche. Mais il pèse sur elle de tout son poids. Marthe a compris ce qu'elle a et qu'elle ne peut plus empêcher. L'épouvante la soulève mais qu'importe, elle va jouir. Déjà, dans la glace, elle s'aperçoit qu'elle a relevé les jambes et qu'elle les agite de chaque côté du gros monsieur. Elle voit aussi ses mains aux ongles rouges qui se sont posées à plat sur la chemise trempée et s'y promènent. Elle ne peut plus rien faire pour arrêter ça. Même les images qu'elle invoque pour se fermer l'échauffent, l'élargissent. Elle ne contrôle déjà plus rien. Elle va jouir comme on fait sous soi. C'est le plaisir grabataire. Sur le perron de la mort. Elle se met à dire des mots qu'elle pensait ne pas connaître et qui dormaient d'un sommeil de chat, au fond d'elle, dans l'attente d'un moment d'abjection. Dans le miroir sa main tire la chemise, la remonte sur le dos gras, baisse le pantalon, le slip, empoigne à pleins doigts les grosses fesses molles qui la pompent si fort, maintenant, entre ses jambes qui ruent. Ils vont jouir ensemble, comme des amoureux. Il va lâcher du foutre sur le foutre dont elle est déjà pleine. N'entend-il pas qu'elle l'en supplie ? Et son plaisir à elle sera une hémorragie de sang noir. C'est ça, aujourd'hui, le plaisir de Marthe : être un abcès que l'autre crève. Elle crie en sautant dans le vide. Elle le bat. Lacombe encaisse ses coups de poing, ses coups de cul, sans broncher, collé à elle comme une large méduse. Il jouit. Il n'en finit pas. Elle n'est jamais comble. Elle le presse. Elle le videra tout entier. Elle voit des couleurs.

Mais très vite tout s'obscurcit. Une pluie de cendres lui tombe dessus. Les douleurs reviennent. Il n'y a plus que des ténèbres où rôde la honte.

— Vous voyez, vous aviez bien tort de rire, lui siffle Lacombe à l'oreille.

La phrase glisse lentement contre elle, comme une anguille dans l'eau sale où elle se noie.

Il se retire un peu brusquement. En se séparant, leurs sexes émettent un bruit abominable et une vase tiède inonde les fesses de Marthe. Lacombe bascule sur le côté. Au plafond, contre le gros homme qui se rajuste, une femme nue referme les jambes. Elle recouvre sa poitrine de son bras replié et pose l'autre main sur son ventre. Il ne manque plus qu'un grand coquillage à ses pieds. Marthe incarnerait alors fort bien le cadavre profané de Vénus. Botticelli aux enfers. Il faudrait pouvoir rire.

Ils ne bougent plus. On dirait un couple qui s'attarde au lit, le dimanche. Mais soudain Lacombe parle, en regardant le reflet de Marthe dans les yeux.

— Nous voici au milieu du parcours, Madame. Votre carrière de femme outragée s'achève ici. Vous allez faire vos débuts dans les ébats tarifés. Mais ne vous méprenez pas en pensant que cela m'excitera de vous voir utilisée devant moi par d'autres. Je n'ai pas de ces vulgarités. Ou de ces médiocrités. Seulement, comprenez-moi bien, je vous ai trop convoitée, et pendant trop longtemps, pour accepter l'idée de devoir, après ce soir, errer de nouveau dans les sentiers escarpés du désir. Maintenant que je vous ai dégustée, que je me suis délecté de vous, il faut que j'en arrive au dégoût. Je veux m'empiffrer des images de votre déchéance. Cette folie qui me hante, cette malédiction, tout cela doit finir. Après dix-huit heures, lorsque je vous aurai vue contenter un ou deux inconnus ou, à défaut, lorsque Albert se sera livré sur vous à ses préférences, je serai enfin sevré de votre image et je vous prendrai comme une autre putain, avec ce petit écœurement que je connais bien. Peut-être devrez-vous m'aider de la bouche pour que nous en terminions plus vite... Vous étiez, jusqu'à cet après-midi, le jouet merveilleux qu'on n'aura jamais, et qu'on contemple, jour après jour, le nez écrasé contre la vitrine... Et puis voici que j'ai pu jouer avec vous... Que ferait un enfant à qui on voudrait reprendre ce jouet extraordinaire après seulement un après-midi ? Il le casserait, bien sûr... Je vous casse... Je suis un enfant... Maintenant levez-vous... Nous nous retrouverons à dix-huit heures... Il me restera alors assez de temps pour me rassasier de vous, au-delà de tout appétit, jusqu'à vomir.

Ensuite, il n'y a pour Marthe que des fatigues. Au salon, les autres filles l'embrassent. Il y a là Paméla, Ingrid, Bilitis... Les parfums se mélangent et forment un brouillard opaque. Personne ne l'interroge sur son masque, comme si l'usage voulait qu'on jette tout de même quelques piécettes de tact dans les fontaines d'ignominie.

— Comment tu t'appelles, pour le boulot, toi ?

Marthe l'ignore. Elle cherche le nom d'une putain dont elle aurait entendu parler. Elle se souvient enfin de la petite voisine, au temps du lycée. Tout le monde disait qu'elle finirait comme ça. Une jolie fille blonde de dix-sept ans. Elle s'échappait de la loge de sa mère pour aller au coin de la rue monter dans la voiture d'un vieux monsieur. Un jour, elle s'était jetée sous un train. Elle s'appelait Olga.

— Olga, dit Marthe sans savoir très bien si elle évoque le vieux monsieur ou le train.

Elle attend. Le "coup de feu" ne commence qu'un peu plus tard, à la sortie des bureaux. Elle dort dans un fauteuil par petites séquences de quelques secondes dont elle émerge, éberluée, avant de chavirer de nouveau.

Bientôt vient l'heure des lampes, des miroirs. Elle va se planter face à elle-même. Parfois on ne demande personne, parfois c'est quelqu'un d'autre. Pas elle. Les filles sont plus jeunes. Et puis elle oublie de sourire. A un moment, elle pense à Albert, à son bol de pommade, à la douleur qu'il lui fera. Elle sourit. Mais ça ne suffit pas. Au signal suivant, elle voit, épouvantée, dans le miroir, sa main qui descend vers son ventre et qui l'ouvre à deux doigts. On la demande.

Trois fois, Olga montera l'escalier.

A dix-huit heures, exactement, Albert vient chercher Marthe. Il lui ôte son masque, et les chaussures qui la blessent. Il reste à ses côtés. Jamais encore elle n'a gravi ces marches sans qu'un homme la suive. La fatigue l'enivre un peu. Elle trébuche. Albert la prend doucement par la taille pour la soutenir. Elle s'appuie sur lui. Il l'aide. Elle l'aime bien. Est-ce parce qu'elle a trouvé un ami qu'elle pleure ainsi, en silence, sans chagrin ?

— Merci, Albert, nous n'aurons plus besoin de vous, maintenant, dit Lacombe de sa voix éteinte dès qu'ils pénètrent dans la chambre. Revenez à dix-neuf heures pour reconduire Madame à la sortie.

Albert a lâché Marthe qui a continué à marcher jusqu'au milieu de la pièce, à sa place. Elle écarte les pieds comme on veut qu'elle fasse. Ils s'étoilent, nus, sur la moquette de laine. Elle voudrait s'endormir debout.

On a rangé ses vêtements, bien à plat sur le fauteuil : la jupe, la veste, le soutien-gorge, la culotte. Et le chemisier, replié en carré, comme sorti d'une armoire. Repassé ?... Albert dépose les chaussures sur le sol, à côté du sac, qu'on a mis là, aussi. Il s'en va sans un mot, en emportant le masque.

Lacombe approche. Il a retrouvé son image du début, cravate serrée, veste boutonnée. Il n'y a pas de faux plis à sa chemise. Repassée ?... Il tient à la main un grand drap blanc qui traîne par terre. Il ouvre les bras.

— Prenez ça, voulez-vous ?

C'est un peignoir de bain en tissu éponge. Elle se tourne lentement, passe un bras, puis l'autre. Lacombe le croise sur le devant pour qu'elle puisse nouer la ceinture. Un couple au vestiaire de l'Opéra. La galanterie française.

— Asseyez-vous.

Il lui désigne une chaise, tout près de la table. Marthe obéit. Elle ne sait plus qu'obéir. Lacombe reste derrière elle. Marthe comprend qu'il va l'étrangler. Elle considère la mort comme la meilleure des solutions. Mais, déjà il parle. Va-t-il encore lui décrire des douleurs à venir ?

— Un joueur qui perd se rend compte qu'il a perdu avant tout le monde. Avant même son adversaire qui s'acharne à gagner... Mon projet s'est écroulé, Madame. En vous regardant, tout ce temps, j'ai bien éprouvé du dégoût, comme je l'escomptais, mais ce dégoût s'appliquait à moi-même. A aucun moment vous n'avez cessé d'être belle, et digne. Et élégante, oui, élégante. Je vous désire encore infiniment et il faudra bien que je meure pour que finisse cette torture. Je voulais, en vous prenant après d'autres, que mon plaisir jaillisse de moi comme un crachat. Mais je ne vous toucherai plus. A quoi bon ? Mon ventre lui-même ne peut plus produire que des larmes.

Il s'éloigne un instant, revient, passe devant elle. Il tient la serviette qu'il pose sur la table. Sa main tremble un peu quand il l'ouvre et en extrait la cassette et la photographie. Marthe s'en empare, les serre sur ses genoux, s'y accroche de toutes ses forces, comme à des branches sortant de l'à-pic d'une falaise. Puis elle s'apaise. Entre ses bras, Brice, petit enfant, lui sourit.

— Voilà, dit Lacombe. Vous quittez l'enfer et j'y retourne. Oh, n'allez pas croire que j'éprouve quelque regret. Au moins vous aurai-je croisée, retenue, possédée. Que vaut l'infamie en face du rêve ?

Après avoir refermé sa serviette, il s'y appuie, courbé, comme un coureur exténué.

— Il ne me reste qu'à vous demander pardon... Un jeu, ici encore, rien de plus. Et la mise a bien peu d'importance : il ne s'agit que de ma vie... Dès dix-neuf heures, vous pourrez rentrer chez vous, comme le stipule notre contrat. Quant à moi, je vais partir tout de suite et vous permettre de vous préparer. Il faut que je mette un peu d'ordre dans mes affaires. Monsieur le Ministre ne sera de retour que vers onze heures, ce soir. A dix heures, exactement, je vous téléphonerai. Je laisserai sonner trois fois, je raccrocherai et je rappellerai immédiatement. Ainsi vous saurez avec certitude que c'est moi. Si vous décrochez, même sans rien dire, vous m'autoriserez à vivre encore et à rêver de vous, en silence, très loin. Je démissionnerai du ministère et vous n'entendrez plus parler de moi. Si, au contraire, vous ne répondez pas, je me tuerai, aussitôt après avoir reposé le combiné... Comment trouvez-vous ce jeu ?

Marthe lève la tête, mais Lacombe ne regarde que ses mains, crispées sur sa serviette.

— Cela n'est nullement un chantage,

poursuit-il. Voyez-vous, je n'ai aucune religion. Je ne crois pas au châtiment éternel, à l'enfer. Comment craindrais-je le sommeil, la paix ? Je les appelle, au contraire. Mais il me plaît de vous conférer ainsi un droit de grâce. Le dernier caprice du condamné... Un jeu, je vous dis... Adieu.

Il recule, pivote. La serviette pend au bout de son bras. A aucun moment il ne regarde Marthe. Elle le voit de nouveau de dos, dans la porte qu'il ouvre, tout à fait comme elle l'a vu, il y a plus de quatre heures, dans un restaurant. Elle éprouve l'impression vertigineuse que tout recommence.

Avant que le battant ne retombe sur lui, il murmure quelques mots qu'elle entend mais ne comprend pas. Il lui faut reconstituer la petite phrase son à son, lettre à lettre, comme un vieux parchemin en lambeaux. Elle ne réussit dans cette minutieuse entreprise que longtemps après le départ de Lacombe. Il a dit : « Je vous aime. »

Quelques minutes avant vingt-deux heures, chez elle, Marthe s'assoit à côté du téléphone, au salon. Elle porte un peignoir de bain. Rouge, cette fois. Le sien. Elle a trop mal à la tête pour utiliser le séchoir à cheveux. Des gouttes tièdes tombent sur sa nuque, glissent le long de son dos. Elle a mangé une tablette entière de chocolat.

Dès son arrivée, elle a prié Maria de la laisser seule.

— Vous pouvez rentrer chez vous pour ce soir, je mangerai dehors plus tard, avec Monsieur.

Le son de sa voix lui a paru étrange. Maria a bien vu que quelque chose n'allait pas, mais elle a seulement dit : « Bien, Madame », et elle est partie s'enfermer dans le studio qu'elle occupe au bout de l'appartement.

Marthe s'est rendue tout droit à la cuisine et, retournant son sac ouvert, elle en a déversé le contenu sur la table brillante. Ses petites choses familières se sont échouées là. La cassette a fait plus de bruit encore que le trousseau de clés. La photographie, qu'elle avait pliée en quatre, a commencé à s'ouvrir, comme un coquillage vénéneux. La boule brune du collant a roulé, molle, semblable à une éponge sale.

Marthe est allée chercher dans la penderie de l'entrée les gros ciseaux de couturière qu'elle tient de sa mère et que ni l'une ni l'autre n'ont jamais utilisés. De retour dans la cuisine, elle s'est assise devant la table et a entrepris de découper la photo en morceaux de plus en plus petits. A la fin, il n'y avait plus devant elle qu'un joli monticule de confetti blancs et noirs. Elle a alors pris la cassette et a tiré sur la bande. Elle a tiré, tiré. Ça n'en finissait pas de sortir. Combien d'images insoutenables faut-il pour une heure de turpitudes ?... Et pour cinq ? s'est-elle demandé. Ensuite, elle a coupé, coupé encore, de minuscules bouts de quelques millimètres de large. C'était difficile. Elle avait la main pétrifiée mais elle n'a pas arrêté une seule seconde. Elle a seulement coupé, frénétiquement, jusqu'à ce qu'il n'y ait plus de bande du tout. Le tas de petits éclats de plastique montait comme le crassier d'une mine. Après avoir posé les ciseaux, elle a fait danser ses doigts pour en chasser les douleurs. Elle a rempli toute une grande casserole de ces paillettes maudites. Dans les toilettes, elle a dû tirer la chasse d'eau quatre fois de suite avant que les dernières acceptent de se noyer. Alors, elle est retournée dans la cuisine.

Les ciseaux étincelaient sur la table. Marthe a enlevé sa veste et a recommencé à couper. En longues lamelles, d'abord. Puis, en travers, des carrés. Lorsqu'il n'y a plus eu de veste du tout, elle s'est attaquée à sa jupe, à son chemisier, à son soutien-gorge, à sa culotte. Elle a aussi lacéré son sac et ses chaussures. Le cuir a résisté longtemps mais a fini par céder bien qu'elle fût presque sans forces. Le vide-ordures a avalé tous ces débris à grandes bouchées définitives. Les collants et la carcasse de la cassette ont disparu en dernier. Il ne restait plus sur la table que quelques objets, épaves surgies d'un passé paisible. Et les ciseaux. Marthe les a saisis pour la troisième fois. Elle était entièrement nue mais il lui semblait que ça ne suffisait pas encore. Il fallait qu'elle s'arrache aussi la peau. Elle les a approchés de sa poitrine, mais ils ont eu un reflet sinistre et elle s'est précipitée vers le vide-ordures qui, dans un bruit d'éboulement, a ingurgité sa folie. Elle est passée par sa chambre pour choisir un autre sac, digne d'abriter ses affaires, avant d'aller ouvrir en grand le robinet de la baignoire.

Maintenant, assise dans le salon, elle n'a plus aucun souvenir de cet après-midi. Les cauchemars viendront sans doute un peu plus tard, en boomerang. Mais elle ne dira rien à Jean. Tout est bien fini. Elle voudrait tant embrasser son petit. Sait-il qu'elle l'aime ? Les enfants savent-ils à quel point on peut les aimer ?

Le téléphone sonne, trois fois, et se tait. Le silence qui suit dure d'insupportables secondes. Puis la sonnerie reprend et Marthe, qui pourtant l'attendait, sursaute. Elle l'écoute, longtemps. Chaque fois c'est un cri terrifiant qui sort de l'appareil et elle a mal, comme si un coup de reins la déchirait. Le silence ne reviendra jamais.

Marthe ne bouge pas. Elle a un grand trou dans le ventre.

DU MÊME AUTEUR

Impression Bussière à Saint-Amand (Cher),
le 13 décembre 1994.
Dépôt légal : décembre 1994.
Numéro d'imprimeur : 2920.
ISBN 2-07-039267-8./Imprimé en France.